U0946974

中国文库
综合普及类

词心笺评

邵祖平 著

復旦大學出版社

图书在版编目(CIP)数据

词心笺评/邵祖平著. －上海:复旦大学出版社,2011.9
(中国文库)
ISBN 978－7－309－08395－8

Ⅰ.①词…　Ⅱ.①邵…　Ⅲ.①词(文学)－诗歌评论－中国
Ⅳ.①I207.23

中国版本图书馆 CIP 数据核字(2011)第 171054 号

责任编辑：宋文涛
整体设计：翁　涌　李　梅
责任印制：王铁生

词心笺评
Cixin Jianping
邵祖平 著

复旦大学出版社 出版
http://www.fudanpress.com
上海市国权路 579 号　　邮编：200433
北京瑞古冠中印刷厂印刷　　新华书店经销
2011 年 10 月第 1 版　　2011 年 10 月第 1 次印刷
开本：880 毫米×1230 毫米　1/32　印张：7
字数：94 千字　　印数：1－4500
ISBN　978－7－309－08395－8
定价:16.00 元

“中国文库”出版前言

“中国文库”主要收选20世纪以来我国出版的哲学社会科学研究、文学艺术创作、科学文化普及等方面的优秀著作。这些著作，对我国百余年来的政治、经济、文化和社会的发展产生过重大积极的影响，至今仍具有重要价值，是中国读者必读、必备的经典性、工具性名著。

大凡名著，均是每一时代震撼智慧的学论、启迪民智的典籍、打动心灵的作品，是时代和民族文化的瑰宝，均应功在当时、利在千秋、传之久远。“中国文库”收集百余年来的名著分类出版，便是以新世纪的历史视野和现实视角，对20世纪出版业绩的宏观回顾，对未来出版事业的积极开拓，为中国先进文化的建设，为实现中华民族伟大复兴做出贡献。

大凡名著，总是生命不老，且历久弥新、常温常新的好书。中国人有“万卷藏书宜子弟”的优良传统，更有当前建设学习型社会的时代要求，中华大地读书热潮空前高涨。“中国文库”选辑名著奉献广大读者，便是以新世纪出版人的社会责任心和历史使命感，帮助更多读者坐拥百城，与睿智的专家学者对话，以此获得丰富学养，实现人的全面发展。

为此，我们坚持以邓小平理论和“三个代表”重要思想为指导，深入贯彻落实科学发展观，坚持贯彻“百花齐放、百家争鸣”的方针，坚持按照“贴近实际、贴近生活、贴近群众”的要求，以登高望远、海纳百川的广阔视野，披沙拣金、露钞雪纂的刻苦精神，精益求精、探赜索隐的严谨态度，投入到这项规模宏大的出版工作中来。

“中国文库”所收书籍分列于6个类别，即：(1)哲学社会科学类

（哲学社会科学各门类学术著作）；(2)史学类（通史及专史）；(3)文学类（文学作品及文学理论著作）；(4)艺术类（艺术作品及艺术理论著作）；(5)科技文化类（科技史、科技人物传记、科普读物等）；(6)综合·普及类（教育、大众文化、少儿读物和工具书等）。计划出版约1000种，分辑出版。自2004年以来，已先后出版四辑，每辑约100种，分精平装两类。2011年时值辛亥革命100周年，特将“中国文库”第五辑作为“纪念辛亥革命100周年”特辑推出，主要收选民国时期原创性人文社科类名著。

“中国文库”所收书籍，有少量品种因技术原因需要重新排版，版式有所调整，大多数品种则保留了原有版式。一套文库，千种书籍，庄谐雅俗有异，版式整齐划一未必合适。况且，版式设计也是书籍形态的审美对象之一，读者在摄取知识、欣赏作品的同时，还能看到各个出版机构不同时期版式设计的风格特色，也是留给读者们的一点乐趣。

“中国文库”由中国出版集团发起并组织实施。收选书目以中国出版集团所属出版机构出版的书籍为基础，并邀约其他数十家出版机构参与，共襄盛举。书目由“中国文库”编辑委员会审定，中国出版集团与各有关出版机构按照集约化的原则集中出版经营。编辑委员会特别邀请了我国出版界德高望重的老专家、领导同志担任顾问，以确保我们的事业继往开来，高质量地进行下去。

“中国文库”，顾名思义，所收书籍应当是能够代表中国出版业水平的精品。我们希望将所有可以代表中国出版业水平的精品尽收其中，但这需要全国出版业同行们的鼎立支持和编辑委员会自身的努力。这是中国出版人的一项共同事业。我们相信，只要我们志存高远且持之以恒，这项事业就一定能持续地进行下去，并将不断地发扬光大。

“中国文库”编辑委员会

中国文库

（第五辑）

【哲学社科类】

孙中山著作选编　陈铮选编 ……………………………… 中华书局
黄兴集　湖南省社会科学院编 ……………………………… 中华书局
宋教仁集　陈旭麓主编 ……………………………… 中华书局
廖仲恺集　广东省社会科学院历史研究所编 ………… 中华书局
朱执信集　广东省哲学社会科学研究所历史研究室编 … 中华书局
中国政治思想史　陶希圣著 ……………… 中国大百科全书出版社
民国政制史　钱端升等著 ……………………… 上海人民出版社
民国政党史　谢彬撰　章伯锋整理 …………………… 中华书局
经学历史　皮锡瑞著　周予同注释 …………………… 中华书局
清代学术概论　梁启超著　朱维铮校订 ……………… 中华书局
新唯识论　熊十力著 ……………………………… 上海书店出版社
逻辑　金岳霖著 ……………………………… 中国人民大学出版社
科学与玄学　罗家伦著 ……………………………… 商务印书馆
中国古代经济史稿　李剑农著 …………………… 武汉大学出版社
中国近代经济史　汪敬虞主编 ………………………… 人民出版社
中国交通史　白寿彝著 ……………………………… 团结出版社
中国经济原论　王亚南著 ……………… 中国大百科全书出版社
中国经济思想史　唐庆增著 ………………………… 商务印书馆
财政学　何廉、李锐著 ……………………………… 商务印书馆
货币与银行　杨端六著 ……………………………… 武汉大学出版社
刑法学　蔡枢衡著 ……………………………… 中国民主法制出版社
乡土中国　费孝通著 ……………………………… 人民出版社
文化人类学　林惠祥著 ……………………………… 商务印书馆
优生概论　潘光旦著 ……………………………… 北京大学出版社
西洋文化史纲要
　　雷海宗撰　王敦书整理导读 ……………………… 上海古籍出版社
西学东渐记　容闳著　徐凤石　恽铁樵等译
　　钟叔河导读、标点 ………………… 生活·读书·新知三联书店
中国现代语法　王力著 ……………………………… 商务印书馆
语言学史概要　岑麟祥编著　岑运强评注 …… 世界图书出版公司

蔡元培教育论著选　　高平叔编 ························ 人民教育出版社
陶行知教育论著选　　董宝良主编 ······················ 人民教育出版社
中国报学史　　戈公振著 ················ 生活·读书·新知三联书店
陆费逵文选　　陆费逵著 ···································· 中华书局
张元济论出版　　张元济著　张人凤　宋丽荣选编 ····· 商务印书馆
韬奋文录新编　　邹韬奋著 ············· 生活·读书·新知三联书店

【史学类】

国故论衡　　章太炎撰　庞俊　郭诚永疏证 ················· 中华书局
国史大纲　　钱穆著 ·· 商务印书馆
通史新义　　何炳松著 ······································ 商务印书馆
台湾通史　　连横著 ···················· 生活·读书·新知三联书店
武昌革命史　　曹亚伯著 ······················ 中国大百科全书出版社
辛亥革命与袁世凯　　黎澍著 ················ 中国大百科全书出版社
北洋军阀史　　来新夏等著 ································ 东方出版中心
中国国民党史稿　　邹鲁编著 ····························· 东方出版中心
中华民国外交史　　张忠绂编著 ···························· 华文出版社
西洋史　　陈衡哲著 ·························· 中国大百科全书出版社
欧化东渐史　　张星烺著 ··································· 商务印书馆
清末立宪史　　高放著 ······································· 华文出版社

【文学类】

秋瑾诗文选注　　郭延礼　郭蓁编选 ··················· 人民文学出版社
邹容集　　张梅编注 ·· 人民文学出版社
陈天华集　　刘晴波　彭国兴编　饶怀民补订 ······ 湖南人民出版社
于右任诗词选　　杨中州选注 ····························· 河南文艺出版社
南社诗选　　林东海　宋红选注 ·························· 人民文学出版社
鸳鸯蝴蝶派作品选　　范伯群编选 ······················ 人民文学出版社
文学研究会小说选　　李葆琰编选 ······················ 人民文学出版社
创造社作品选　　刘纳编选 ································ 人民文学出版社
太阳社小说选　　李松睿　吴晓东编选 ·················· 人民文学出版社
湖畔社诗选　　刘纳编选 ··································· 人民文学出版社
浅草－沉钟社作品选　　张铁荣编选 ···················· 人民文学出版社
《语丝》作品选　　张梁编选 ····························· 人民文学出版社
未名社作品选　　黄开发编选 ······························ 人民文学出版社
新月派诗选　　蓝棣之编选 ································ 人民文学出版社

象征派诗选　孙玉石编选 …………………… 人民文学出版社

新感觉派小说选　严家炎编选 ………………… 人民文学出版社

现代派诗选　蓝棣之编选 …………………… 人民文学出版社

论语派作品选　庄钟庆编选 ………………… 人民文学出版社

京派小说选　吴福辉编选 …………………… 人民文学出版社

东北作家群小说选　王培元编选 …………… 人民文学出版社

七月派作品选　吴子敏编选 ………………… 人民文学出版社

西南联大文学作品选　李光荣编选 ………… 人民文学出版社

九叶派诗选　蓝棣之编选 …………………… 人民文学出版社

荷花淀派小说选　冯健男编选 ……………… 人民文学出版社

山药蛋派作品选　高捷编选 ………………… 人民文学出版社

红楼梦辨　俞平伯著 …………………………… 商务印书馆

中国诗史　陆侃如、冯沅君著 ……………… 百花文艺出版社

中国文学发展史　刘大杰著 ………………… 复旦大学出版社

【艺术类】

万木草堂论艺　康有为著 …………………… 荣宝斋出版社

中国绘画史　潘天寿著 ………………………… 团结出版社

中国绘画理论　傅抱石著 ………………… 江苏教育出版社

中国雕塑艺术史　王子云著 ……………… 人民美术出版社

中国陶瓷史　吴仁敬　辛安潮著 ……………… 团结出版社

中国戏剧史　徐慕云著 ……………………… 东方出版中心

洪深戏剧论文集　洪深著 …………………… 东方出版中心

焦菊隐戏剧论文集　焦菊隐著 ………………… 华文出版社

中国古代乐论选辑　吴钊　伊鸿书　赵宽仁　古宗智
吉联杭编 ………………………………… 人民音乐出版社

素月楼联语　张伯驹编著 ……………………… 华文出版社

中国书法理论体系　熊秉明著 …………… 人民美术出版社

夏衍电影论文集　夏衍著 …………………… 东方出版中心

银幕形象创造　赵丹著　赵青整理 ………… 东方出版中心

【科技文化类】

自然辩证法在中国　龚育之著 …………… 北京大学出版社

科学家谈21世纪　李四光等著 ………… 中国大百科全书出版社

继承与叛逆——现代科学为何出现于西方
陈方正著 ……………………… 生活·读书·新知三联书店

中国医学史　　陈邦贤著 …………………………………… 团结出版社
化学史通考　　丁绪贤著 ……………………… 中国大百科全书出版社
科学概论　　王星拱著 …………………………………… 武汉大学出版社
竺可桢科普创作选集　　竺可桢著 ………… 中国大百科全书出版社

【综合普及类】

书林清话　　叶德辉著 …………………………………… 华文出版社
文坛五十年　　曹聚仁著 ……………… 生活·读书·新知三联书店
张菊生先生七十生日纪念论文集
　　胡适　蔡元培　王云五等编 ………………………… 商务印书馆
佛教常识问答　　赵朴初著 ……………………………… 华文出版社
词心笺评　　邵祖平著 …………………………………… 复旦大学出版社
西潮与新潮　　蒋梦麟著 ………………………………… 东方出版社

詞心箋評目録

共選二百六十首

序言

詞之初趨，託體至卑，雲謡花間，大率倡優戲弄之爲，常州詞人以飛卿《菩薩蠻》比董生《士不遇賦》，或且以上儗屈子，皆過情之譽；後主、正中伊鬱惝怳，始孕詞心；兩宋坡、稼以還，于湖、蘆川、碧山、須溪之作，沉哀激楚，乃與《匪風》《下泉》不相遠，蓋身世際遇爲之也！夫有身世，乃有性情；有性情則境界自別；世士不能修潔其志行，而欲以絺繡鞶帨之工，仰規古人，宜其去古人遠矣！予友邵子潭秋以善詩有聲海内，出其緒餘，治唐宋詞，廓然能見其大，頃撰《詞心箋評》，自重慶郵其序説示予，陳義且高於臯文、静安所云；夫論文字而指歸心性，此釋氏所謂第一義也。學者於兹編沉潛反覆，以與古人精魂相來往，詞雖小品，詣其極至，亦安心立命之學；蓋自倡優而才士，而學人，三百年來，殆駸駸方駕《詩》《騷》已！彼以閨幨初體卑詞者，讀邵子書，其亦知所反哉！三十七年十一月，夏承燾序於西湖羅苑。

自序

楊慎著《詞品》，以爲六朝人詩風華情致，爲長短句所託始，舉沈約《六憶詩》、梁簡文《春情曲》、徐陵《長相思》、王筠《楚妃吟》爲證。余以爲詞之涵義，意内言外，言近指遠。不諱稱婦人眉鬢姿態，故號豔科，得風詩好色不淫之旨，其來遠矣！《國風》之巧倩美盼，《離騷》之美人香草，皆其所祖；魏氏三祖，始創清商曲辭，自晉播遷，其音分散入南，演爲吴聲歌曲，今之民歌情歌，是其苗裔，此詞承襲之一源也。晉宋之間，玄風大暢，士棄檢梏，任真之極，不羞嫪戀；故王獻之以桃葉作詠，謝芳姿以團扇作歌；情意纏綿，專狀妃匹之愛，《子夜》《讀曲》，相繼而盛，此詞承襲之二源也。蕭梁父子，並擅翰藻；武帝有《西洲》之曲，《東飛》之歌；簡文帝始創宫體詩，又主文貴放蕩，乃多詠内之作（如《詠内人晝眠》，《見内人作卧具詩》）；元帝著《金樓子》，以吟詠風謡流連哀思者謂之文，所作《采蓮》、《當壚》、《名士悦傾城》之什，大扇輕豔之風，三五七言長短句，隨其所安；此詞承襲之三源也。陳隋之主，長夜荒宴，後宫媟褻，新聲迭起，務極豔冶；後主有《舞媚娘》、《玉樹後庭花》；煬帝有《望江南》八闋；人主倡導於上，富貴不厭淫侈，是即詞之奢麗物色所本，而《望江南》之作，詞之體製，蓋已產生成立矣！ 詞名「詩餘」，宜其從詩來，顧余以爲「餘」者，「裕」也； 應自《國風》、《離騷》、六朝樂府承遞而來，遥紹遠依，廣匯懋蓄，始稱其爲裕焉！ 至唐而作家盛興，二李（李白、李煜）一温（庭筠），皆唐人也！ 二李爲疏秀之宗，一温爲密麗之宗，韋莊、馮正中則爲之賓從； 宋賢則柳永，蘇軾，辛棄疾，劉克莊，張孝祥，張炎，其疏秀派所衍也！ 歐陽修，晏殊，張先，賀鑄，吴文英，史達祖，周密，王沂孫，其密麗派所衍也！ 晏幾道，秦觀，周邦彦，李清照，姜夔，其斟酌於疏密之間者也！ 考詞之爲詞，雖從詩來，而實不似詩！ 譬如淄澠皆水，惟易牙能辨其味，文學欣賞，固以知味爲先也！ 詩可言政治之得失，樹倫理之概模，有爲而作，不求人賞，常有教人化人之意，故其言貴具首尾； 若詞則不然，不及政治，不涉倫理，無所爲而作，引人同情，能寫一時瞥遇之景，游離之情，從不透過歷史議論，且不必成片段具始末，蓋文學中最動心入味者也！ 詞之與詩有别，更可取泰西文學所謂短篇小説者爲喻： 短篇小説與長篇小説雖同號小説，而迥有不同之處； 短篇小説爲事態之横斷面，乃最精采之一幕，亦猶吾華之詞，雖與詩同號韻語，而詞之靈感，及其語妙，忽然而來，杳然而去，斷有非詩可髣髴者！ 白居易《花非花》一闋，可以略狀其境矣！ 余嘗讀《詩》至《小弁》，讀《騷》至《哀郢》、《懷沙》，觀其號泣怨慕之情，往復迷亂之態，爲之唏嘘累嘆，掩卷而起，然止於此而已爾！ 至於誦唐宋名家詞，作家初非有倫常慘痛，只以惘惘不甘情緒，寫出迷離惝怳語調，煙柳受其驅排，斜陽赴其愁怨，擁髻遜其淒訴，迴腰窮其娭盼，諷之數復，令人惆悵低徊，欲罷不能，殆不知其所措，此種情況，讀詞者必能自得之，則詞心之感人勝於詩遠矣！余三十年客渝沙坪壩，教授國立中央大學，每與諸生講長短句，輒標詞心之説；三十三年客授成都國立四川大學，因選唐宋名家詞凡二百六十闋，爲之箋評，備爲課本；三十六年復來渝授課國立重慶大學，主講詩詞，發行篋出前稿付郁明社排印，命名曰《詞心箋評》，並敍詞之所以爲詩餘如上，深冀海内詞人及好詞者，進而教之，匡其不逮；《詩》云：「他人有心，予忖度之！」唐宋作家往矣，而其心聲之精英，固不難就其所賦掩卷揣知，是則編者區區矚望之意云爾！　民國三十七年九月，南昌邵祖平識於重慶沙坪壩國立重慶大學中信新村贅廬。

凡例

一、詞心二字，見諸詞話論詞中，喬笙巢云：「他人之詞，詞才也；少游之詞，詞心也。」本編所選極嚴，以具有詞心之作爲合格，詞心之釋義，見本編序説中。

二、錢牧齋箋杜詩，張皋文編《詞選》，於詩家詞人直抒靈感内心哀樂一切屏之不談，惟論其刺譏時政詆諆人物；穿鑿誤會，爲害甚大！本編竊所不取。

三、本編箋評各家之詞，取諸前人者十之六，妄逞胸臆者十之四。

四、《文心雕龍》有内外篇之分，内篇如《神思》等，即文心所在；然外篇所論各文章體裁，亦與文心有關；故本編於詞體之沿革，詞韻之遵用，詞律之拘忌，亦偶於箋評時略發其凡。

五、本編所選詞，除無名氏外，凡四十四家；時代自唐而五代而兩宋。

六、本編所選不求備格，如於詞心不能尋繹者，其篇製概不甄入。

七、詞旨屬對，詞旨警句，最害詞學，本編概不引用。

八、本編標揭詞心，於詠物之無寄託者，概不選入；白石、功甫均有《詠蟋蟀》之作，極工而無意境，白石《暗香》、《疏影》，格韻雖高，而因人以製腔，因文而造情；非碧山詠物之比也，故亦割愛焉！

九、兩宋詞選本，自以朱古微先生《宋詞三百首》爲善本，今人唐圭璋復爲之箋，尤爲美備；然唐箋等於集評，且博徵本事，與本編宗旨微異，不敢盡同也。

十、本編甄引前人箋評，概書出其名氏；如未書明名氏之箋評，悉編者之私見。

十一、本編評選，冗漏不免；海内詞人，教政幸甚！

序説

王静安著《人間詞話》，首標境界之説，謂詞有造境有寫境，乃理想寫實二派之所由分；又言有有我之境：「淚眼問花花不語，亂紅飛過秋千去！」「可堪孤館閉春寒，杜鵑聲裏斜陽暮」是也；有無我之境：「采菊東籬下，悠然見南山。」「寒波澹澹起，白鳥悠悠下」是也；又云：「境非獨景物也，喜怒哀樂，亦人心中之一境界，故能寫真景物者，皆謂之有境界。」王氏推闡之極，至謂滄浪論詩之所謂「興趣」，阮亭論詩之所謂「神韻」，皆不若「境界」二字爲能探其本源，其言甚辯，詞學家奉爲圭臬；以予觀之，王氏所謂詞境者，皆「詞心」也。世間一切境皆由心造，心在則境存，心遷則境異：「仰面貪看鳥，迴頭錯應人。」心在鳥而不在人也；「感時花濺淚，恨别鳥驚心！」花可喜而反慼，鳥可悦而反愕，心遷則境異也。嘗讀禪家書，載二僧見風中幡動，一云：「風動」，一云：「幡動」，其高座師曉之曰：「仁者心自動！」二僧均服，蓋二僧如非心動，則風動幡動皆不之見，所謂心不在，則雖視聽而無見聞，食而不知其味者也。以是論詞，則「燕子樓空，佳人何在？　空鎖樓中燕！」雖造境，亦心境也！「雲破月來花弄影。」雖寫境，亦心境也；「身如風後入江雲，情似雨餘沾地絮。」雖有我之境，亦心境也；「數點雨聲風約住，朦朧淡月雲來去。」雖無我之境，亦心境也；「汝曹催我老，迴首淚縱横！」「江邊一樹垂垂發，朝夕催人自白頭！」則情景交融，寫境造境不能拆開，又何莫非心境耶？ 予竊謂拈出「詞心」二字尤爲賅當，故舍詞境而論詞心。

鍾記室《詩品序》云：「氣之動物，物之感人，故摇蕩性情，形諸舞詠，」又曰：「若乃春風春鳥，秋月秋蟬，夏雲暑雨，冬月祁寒，斯四候之感諸詩者也！ 嘉會寄詩以親，離羣託詩以怨，……凡斯種種，感蕩心靈，非陳詩何以展其義？ 非長歌何以騁其情？……」楊升庵《詞品序》云：「故夫詞成而讀之，使人恍若身遇其事，怵然興感者，神品也；意思流通無所乖逆者，妙品也；能品不與焉！ 婉麗成章，非詞也。 是故山林之詞清以激，感遇之詞淒以哀，閨閣之詞悦以解，登覽之詞悲以壯，諷諭之詞宛以切，……」又曰：「語云，動物謂之風，由是以知不動物，非風也；不感人，非詞也。」合觀《詩品》《詞品》所言，詩詞製作，皆始於感物，終於感人，是知觀於物而不動者，非癡漢即猜忍之夫；篇成而不能感人者，非餖飣庸沓之音，即補織牽合之作，可無疑矣！ 千古才人，同此一心，天有風月，不能不感；地有花柳，不能不感；人有粉黛，不能不感；推之國有興亡盛衰，家有悲歡離合，亦不能不感；以其所感，曲折達之於詩詞，後之才人以今之心而逆古之心，此相視而笑之至樂，莫逆於心之奇遇也。 而詞者意内而言外，尤非詩之略有比興多帶直致者可比，蓋詞之在內，心思微茫，唱嘆低回，藴蓄深厚，吞吐異常，而其外之文體，固圓潤而明密，鮮澤而輕蒨者也。故一詩之成，老嫗可解；而一詞之成，雖學人猶有所不明！亦有以淺率解之而反没其佳處者，則詞心索解之難也。

詞心之尋，殆不盡於《花間》一集，而多得於南唐一主一臣；南唐一主者，李煜重光也；一臣者，馮延巳正中也。李後主之爲君，長於仁民愛物，短於蒞政治軍；周師南侵，國幾不國，宋興納土，遷爲歸命，其亡國前後危苦之心，悉見於所作長短句中，真是含思悽惋，一字一淚，無一篇不佳！無一句不美！如其《蝶戀花》：「遥夜亭皋閒信步，纔過清明，早覺傷春暮。數點雨聲風約住，朦朧淡月雲來去。桃李依依春暗度，誰在秋千，笑裏低低語！一片芳心千萬緒，人間没箇安排處！」詞旨微茫，如聞幽咽；觀其結語，則明明説出詞心矣！因人間無排遣，而始一一託之於詞，然後其詞乃能吞吐幽咽，唱嘆低回，一字一淚，極悵惘沈痛之致；此猶靈均之賦《離騷》，由於不忍此心之長愁者也。馮延巳以文臣揆藻其間，不能有所匡救，危苦煩亂之中，鬱不自達者，一於詞發之；其憂生念亂意内言外之旨，一誦「玉露不成圓，寶箏悲斷絃！」「和淚試嚴妝，落梅飛曉霜！」「天長煙遠，凝恨獨沾襟」諸語，即可省識其内心之煩苦矣！國破家亡，主憂臣辱，始换得此血淚文字，照瑩詞苑，此其内心之淒楚爲何如耶？

北宋之令詞，不愧唐五代，語貴直尋，不由補假，而淮海、小山爲絶！喬笙巢云：「少游詞寄慨身世，雅有情思，酒邊花下，一往而深！而怨誹不亂，悄乎得《小雅》之意。」又云：「他人之詞，詞才也！少游之詞，詞心也！」馮煦亦云：「淮海、小山，古之傷心人也！其淡語皆有味，淺語皆有致，求之兩宋詞人，實罕其匹！」而陳亦峯亦以晏小山與後主對稱，且小山名相之子，富貴得意，室有蓮鴻蘋雲二歌女，與後主之長於深宫，擁有妃嬪略同，宜其小令之清壯頓挫，能動摇人心也。

詞以婉約爲主，不以豪放爲貴，然有心氣神思者，是真豪放，決不麤疏虚憍；則其美亦未在婉約下也！兩宋間僅得東坡、稼軒二賢，足當真豪放之目；東坡命世奇才，早承宸眷；瓊樓玉宇，總是愛君；缺月疎桐，未遑棲止；其詞繫心家國，周浹倫紀，一洗綺羅香澤之態，擺脱綢繆宛轉之思，清雄之處，自挾新靈，聲情暢朗，人未及也！稼軒心氣卓越，筆陣酣放，才情富豔，思力果鋭；登樓縱目諸作，儼然横槊歌風，此蓋其創體，及偶然作小令語，亦復温柔嫵媚；況蕙風以爲從李重光得來，蓋才人奮藻，無往而不利也。

求詞於兩宋，「前有清真，後有夢窗」，此非尹焕之私言，天下之公言也！清真幽情苦緒，襞積重重，在唐絶句中，頗類龍標，少游其太白也！龍標絶句，在得騷辨之意，而美成詞在攝得後主小令低回含蓄頓挫幽咽之神，而演變爲中調，鉤勒渾厚，鋪敘精奇，言情體物，固不失爲第一流作家矣！ 而或者議其敍情極俚，創意稍疎，則文章運會使然，詩餘將變爲詞餘故也。夢窗深得清真之妙，而堂廡特大，開闔益奇；詞筆生澀而沈著，詞心感慨而幽玄；自非心聲絶人，豈能至此！

耆卿疎蕩綺膩，過傷狎媟；方回悱惻芬芳，苦乏典重；子野韻高而少開闔；白石致高情寡，生而不辣；梅溪格卑情濫，熟而不生；碧山騁於詠物；玉田疲於琢句；竹屋草窗，則自鄶以下無譏焉！

鍾嶸有言：「從李都尉迄班婕妤，將百年間，有婦人焉，一人而已！」女詞人李清照，生於元豐六年，距淳化間李後主之死，亦將百年；在此百年間，婦人才奇以詞成家者，易安居士一人而已！ 詞家之有二李，龍頭豹尾，自爲前後，真有不可思議之巧！ 易安奇慧絶秀，亭亭物表，其作跌宕昭彰，心聲流沛；有秦淮海之韶美，得周清真之工麗，備吴夢窗之沈著，而吞吐幽咽低回含蓄，則直接南唐後主而無愧者也，以爲北宋押陣殿軍之詞人，不亦可乎？

詞至南宋，雖仍分豪放婉約兩派，增衍蕃變，符其心聲；特國勢窮蹙，軍挫於外，政紊於内，而詞人亭茹不忍婉約不敢豪放之苦；故張孝祥有忠憤填膺之詠，辛棄疾有煙柳斷腸之製，張元幹有塞垣長江之悲，岳武穆有絃斷誰聽之嘆；而當國者酣嬉宴安如故；德祐太學生

《百字令》、《祝英臺近》二闋，詠之沈痛！然太學生非詞人，而尚如此，足見詞心之哀感頑豔，足驗世局之分崩離析矣！噫！男子樹蘭，其情不芳；長歌之哀，或免婦人；世之周旋幃奩之間，繫心疆場之上者，豈可謂之無心之人哉？民國三十六年十月，邵祖平識於成都國立四川大學。

詞心箋評

李　白　一首

憶秦娥

簫聲咽。秦娥夢斷秦樓月。秦樓月。年年柳色，霸陵傷別。　樂遊原上清秋節。咸陽古道音塵絶。音塵絶。西風殘照，漢家陵闕。

【箋評】

《詞品序》：登覽之詞悲以壯。

《人間詞話》評云：「太白純以氣象勝，『西風殘照，漢家陵闕』，寥寥八字，遂關千古登臨之口。」

編者謹案：太白此作氣象闊大，神思曠遠，最得北地懷古登覽之趣。柳耆卿亦有《少年遊》一詞云：「長安古道馬遲遲。高柳亂蟬嘶。夕陽島外，秋風原上，目斷四天垂。　歸雲一去無蹤跡，何處是前期？狎興生疏，酒徒蕭索，不似少年時！」則兼追懷昔遊矣，馬東籬《天淨沙》小令云：「枯藤老樹昏鴉，小橋流水人家，古道西風瘦馬；夕陽西下，斷腸人在天涯！」迢迢路遠，脈脈情多，庶可以怨！使非太白先發高唱，東籬亦不能匠心獨運至此也。《開元天寶遺事》云：長安東灞陵有橋，來迎去送，皆至此橋爲離別之地，「故人呼之銷魂橋也」。太白又有《勞勞亭詩》云：「天下傷情處，勞勞送客亭。春風知別苦，不遣柳條青。」

温庭筠

夢江南　四首

梳洗罷，獨倚望江樓。過盡千帆皆不是，斜暉脈脈水悠悠。腸斷白蘋洲。

【箋評】

謹案：權德輿《小樂府》云：「鉛華不可棄，莫是藁砧歸！」此詞描敍一女子凝妝登樓，望其情人歸船，美盼欲穿，玉郎終杳！斜暉掛恨，流水傳愁；宜其腸斷欲絶矣！杜牧之亦有一絶句寫此種情景如畫，詩云：「南陵水面漫悠悠，風緊雲寒欲變秋；最是客心孤迴處，誰家紅袖憑江樓？」卻從旁觀人寫出閨中倚樓顒望之情，轉增客子孤愁，得透入一層法。

菩薩蠻(十五首選二首)

小山重疊金明滅。鬢雲欲度香顋雪。懶起畫蛾眉。弄妝梳洗遲。　照花前後鏡，花面交相映。新貼繡羅襦。雙雙金鷓鴣。

【箋評】

案自來讀温詞者，莫不先見此闋，此闋發端七字，多有不解其語者，則函胡了之；且常誤以小山爲屏，重疊金明滅爲屏上之描金畫，不知小山爲眉妝也！愚考高承《事物紀原》、楊慎《詞品》，周文王時，女人始傅鉛粉；秦始皇宫中悉紅妝翠眉；隋文帝亦喜宫女紅妝，號爲桃花妝，惟北朝後周天元帝，嘗令宫人黄眉黑妝，其風流於後世，隋末唐初女子，乃知畫黄眉以爲美觀；虞世南嘲袁寶兒云：「學畫鴉黄半未成。」盧照鄰詩：「纖纖初月上鴉黄。」皆指畫眉事，此後漸漸習染爲畫額，王翰詩：「中有一人金作面。」裴慶餘詩：「滿額鵝黄金縷衣。」是也。飛卿《菩薩蠻》屢言「小山重疊金明滅」，「蕊黄無限當山額」，均詠當日女子粧飾色態，與畫屏何關乎？此詞首句「小山重疊金明滅」者，謂睡時眉黄半褪，故金半明半滅也；二句「鬢雲欲度香顋雪」者，香腮之粉，因倦卧而沾及鬢脚也；故三句以「懶起畫蛾眉」足成其語意；猶馮延巳詞「玉人貪睡墜釵雲，粉消香薄見天真」之寫睡起女子也。「弄妝梳洗遲」，然後從事嚴妝，待妝成自映前後鏡中，顧影自憐，與花爭豔；更著羅襦，襦上繡有雙雙金鷓鴣，穠麗極矣！此喻初不欲仕，繼即幡然改悔之意，亦靈均好修之旨歟！楊升庵《詞品》云：詞名多取詩句，如「蝶戀花」則取梁元帝「翻階蛺蝶戀花情」，「滿庭芳」則取吴融「滿庭芳草易黄昏」；「點絳唇」則取江淹「白雪疑瓊貌，明珠點絳唇」；「鷓鴣天」則取鄭嵎「春遊鷄鹿塞，家在鷓鴣天」；「惜餘春」則取太白賦語；「浣溪沙」則取少陵詩意；「青玉案」則取「四愁詩」語；「菩薩鬘」，西域婦髻也；「蘇幕遮」，西域婦帽也；「尉遲杯」，尉遲敬德飲酒必用大杯，故以名曲；「蘭陵王」，每入陣必先，故歌其勇；「生查子」，查古槎字，張騫乘槎事也；「西江月」，衛萬詩：「只今惟有西江月，曾照吴王宫裏人」之句也；「瀟湘逢故人」柳惲詩句也；「粉蝶兒」，毛澤民詞，「粉蝶兒共花同活」句也。餘可類推，不能悉載。

又

寶函鈿雀金鸂鶒。沈香閣上吴山碧。楊柳又如絲。驛橋春雨時。　畫樓音信斷，芳草江南岸。鸞鏡與花枝。此情誰得知。

【箋評】

温詞以穠麗密緻勝，此闋卻甚鬆秀駘蕩。「楊柳又如絲，驛橋春雨時。」秀韻欲滴矣！寶函，鏡奩也；鈿雀金鸂鶒，則奩之彩飾。鸞鏡雖映花枝，奈人之慵妝何！蓋以意中人驛橋阻雨，無情理舊眉也。《楚辭》「望美人兮未來，臨亂怳兮浩歌」已先此言之矣。

河 傳

湖上。閒望。雨蕭蕭。煙浦花橋路遥。謝娘翠蛾愁不銷。終朝。夢魂迷晚潮。　蕩子天涯歸棹遠。春已晚。鶯語空腸斷。若耶溪。溪水西。柳隄。不聞郎馬嘶。

【箋評】萬紅友《詞律》，此調共有十七體，詞譜列此詞爲第一首，以此調創自飛卿也。此調短柱韻最多，繁音促節，最不易工，而此作玲瓏如玉連環，極爲難得！詞旨敍一女子望所歡未來，問之水濱，則千帆不是；尋之柳隄，則馬嘶不聞；李益句云：「早知潮有信，嫁與弄潮兒！」潮信不以晚而誤期，而蕩子天涯，終不顧返，此靈均所望於君之一寤俗之一改也。謝秋娘舊説爲李德裕妾，實則詞人寓感，何必實指其人？猶之蕭郎不必的指爲蕭史也。蕭謝字面輕倩，字音清澈，最合詞人之遣用，「謝橋」、「謝池」，亦猶是也。

韋莊　十二首

浣溪沙

欲上鞦韆四體慵。擬教人送又心忪。畫堂簾幕月明風。　此夜有情誰不極，隔牆梨雪又玲瓏。玉容憔悴惹微紅。

【箋評】紫霞翁云：「梅之初綻，則輕紅未消；已放則一白呈露。」愚謂梨花則相反，初開則一白呈露，殘落則玉容惹微紅矣！詞人觀物入微，亦關心情。

又

惆悵夢餘山月斜。孤燈照壁背紅紗。小樓高閣謝娘家。　暗想玉容何所似，一枝春雪凍梅花。滿身香霧簇朝霞。

【箋評】飛卿善狀濃妝女子，端已則工寫淡妝女子，前闋以梨雪爲喻，此更以雪梅朝霞譬之；句法靈活，先以「暗想玉容何所似」爲問，繼以「一枝春雪凍梅花，滿身香霧簇朝霞」作雙答，與賀方回「試問閒愁都幾許？一池芳草，滿城風絮，梅子黃時雨」一問三答同意。

菩薩蠻

紅樓別夜堪惆悵。香燈半捲流蘇帳。殘月出門時。美人和淚辭。琵琶金翠羽。絃上黃鶯語。勸我早歸家。緑窗人似花。

【箋評】《人間詞話》：「絃上黃鶯語，端己語也，其詞品亦似之。」又云：「温飛卿之詞，句秀也！韋端己之詞，骨秀也！李重光之詞，神秀也！」

又

人人盡説江南好。遊人只合江南老。春水碧於天。畫船聽雨眠。鑪邊人似月。皓腕凝雙雪。未老莫還鄉。還鄉須斷腸。

【箋評】詞有反説而情轉深刻者，如此詞末二語，「未老莫還鄉，還鄉須斷腸！」是也，「風流腸肚不堅牢，只恐爲伊牽惹斷」，還鄉須斷腸之説也；「若到江南趕上春，千萬和春住！」未老莫還鄉之説也。

又

而今卻憶江南樂。當時年少春衫薄。騎馬倚斜橋。滿樓紅袖招。　翠屏金屈曲。醉入花叢宿。此度見花枝。白頭誓不歸。

【箋評】　詞人氣象不凡者，吐屬自見標概；靈均《九歌》云：「滿堂兮美人，忽與予兮目成！」端己此詞云：「騎馬倚斜橋，滿樓紅袖招！」賀方回《天香》云：「當時酒狂自負，謂東君以春相付！」陸放翁《風入松》云：「萬金選勝鶯花海，倚疎狂驅使青春！」要皆心氣充沛使然也。

又

洛陽城裏春光好。洛陽才子他鄉老。柳暗魏王隄。此時心轉迷。　桃花春水渌。水上鴛鴦宿。凝恨對殘暉。憶君君不知。

清平樂

何處遊女。蜀國多雲雨。雲解有情花解語。窣地繡羅金縷。妝成不整金鈿。含羞待月秋千。住在綠楊陰裏，門臨春水橋邊。

【箋評】

《古今藝術圖》曰：「北方戎狄愛習輕趫之態，每至寒食爲跳躍之戲；中國女子李芝蘭乃以綵繩懸樹立架，謂之秋千。」見《事物紀原》。

又

鶯啼殘月。繡閣香燈滅。門外馬嘶郎欲別。正是落花時節。妝成不畫蛾眉，含愁獨倚金扉。去路香塵莫掃，掃即郎去歸遲。

【箋評】

妝成不整金鈿，以蕩秋千則鬢髮飄亂，金鈿不得施也；妝成不畫蛾眉，以倚扉顒望傷情，畫眉恐益愁絶也。二詞宜合觀，自悟篇什之法，此種篇法遠自《九歌》中《湘君》、《湘夫人》得來。

江城子

髻鬟狼籍黛眉長。出蘭房。别檀郎。角聲嗚咽，星斗漸微茫。露冷月殘人未起，留不住，淚千行。

【箋評】「蘭房」、「檀郎」字面俗豔，與「沈腰」、「潘鬢」正同，然大家有所不避，愈見其厚重。周清真詞「倦途休駕，淡煙裏，微茫見星」學此。

天仙子

春日遊。杏花吹滿頭。陌上誰家年少，足風流。妾擬將身嫁與，一生休。縱被無情棄，不能羞。

【箋評】太白絶句：「駿馬驕行踏落花，垂鞭直拂五雲車；美人一笑褰珠箔，遥指紅樓是妾家！」此詞從此詩脱化而來。夫詞貴婉約，不尚輕快；而此作倩盼動人，珠喉嚦嚦，爽若哀梨，絶無滓屑，真絶技也！

女冠子

四月十七。正是去年今日。别君時。忍淚佯低面，含羞半斂眉。不知魂已斷，空有夢相隨。除卻天邊月，没人知。

又

昨夜夜半。枕上分明夢見。語多時。依舊桃花面，頻低柳葉眉。半羞還半喜，欲去又依依。覺來知是夢，不勝悲。

【箋評】右二闋亦自成一種篇法，四月十七是紀别，昨夜夜半是紀夢，當爲同時所作。

薛昭藴 四首

浣溪沙

鈿匣菱花錦帶垂。静臨蘭檻卸頭時。約鬟低珥算歸期。花茂草青湘渚闊，夢餘空有漏依依。二年終日損芳菲。

【箋評】《北夢瑣言》：「薛澄州昭藴恃才傲物，每入朝省，弄笏而行，旁若無人，好唱《浣溪沙》詞。」即自作諸闋也。

又

粉上依稀有淚痕。郡庭花落斂黄昏。遠情深恨共誰論。　記得去年寒食日，延秋門外卓金輪。日斜人散暗銷魂。

又

握手河橋柳似金。蜂鬚輕惹百花心。蕙風蘭思寄清琴。　意滿便同春水滿，情深還似酒杯深。楚煙湘月兩沈沈。

又

江館清秋纜客船。故人相送夜開筵。麝煙蘭焰簇花鈿。　正是斷魂迷楚雨，不堪離恨咽湘絃。月高霜白水連天。

【箋評】花鈿一名花子，面飾也，唐上官昭容所製，以掩面部點跡者也。見《酉陽雜俎》。厲鶚詩：「吴語似來窗眼裏，楚魂無定雨聲中！」宛似薛作《浣溪沙》中一聯也。

牛希濟 二首

生查子

春山煙欲收，天澹稀星小。殘月臉邊明，别淚臨清曉。　語已多，情未了。迴首猶重道。記得緑羅裙，處處憐芳草。

【箋評】《事物紀原》：古所貴衣裳，連下有裙，隨衣色而有緣，後世以其太質，加花繡，上綴五色。紅裙緑裙由此。

《生查子》令詞，頗有《玉臺新詠》古絶句體意味，五代《花間集》别詞之工者，以此爲第一。愛其人者，愛其屋上之烏，長憶美人，寗不因其裙色而愛及芳草乎？朱淑真《斷腸詞》，亦有《生查子》云：「年年玉鏡臺，梅蕊官妝困。今歲未還家，怕見江南信。酒從別後疎，淚向愁中盡；遥想楚雲深，人遠天涯近。」蓋亦別詞之最佳者。

又

新月曲如眉，未有團圞意。紅豆不堪看，滿眼相思淚。終日劈桃穰，人在心兒裏。兩朵隔牆花，早晚成連理。

【箋評】此首亦酷似宋、齊《子夜》《讀曲》，穰謂桃核，蜀語也。

歐陽炯　一首

浣溪沙

相見休言有淚珠。酒闌重得敍歡娱。鳳屏鴛枕宿金鋪。蘭麝細香聞喘息，綺羅纖縷見肌膚。此時還恨薄情無。

【箋評】

沈約《少年新婚》詩：「衫薄映凝膚。」

況周頤曰：「自有豔詞以來，殆莫豔于此矣！」王半塘曰：「奚翅豔而已！直是大且重，苟無花間詞筆，孰敢爲斯語者！」

案此是豔詞，非淫詞也；淫詞如柳屯田《菊花新》下半闋云：「須臾放了殘針線，脱羅裳恣情無限。留著帳前燈，時時待看伊嬌面。」周美成《青玉案》下半闋云：「玉體偎人情何厚？輕惜輕憐轉唧嚁！雨散雲收眉兒皺，只愁彰露，那人知後，把我來僝僽！」與歐陽炯詞合觀之，只見其輕薄無行，無異自畫供狀而已。

鹿虔扆

一首

臨江仙

金鎖重門荒苑静，綺窗愁對秋空。翠華一去寂無蹤。玉樓歌吹，聲斷已隨風。

煙月不知人事改，夜闌還照深宫。藕花相向野塘中。暗傷亡國，清露泣殘紅。

李煜 十四首

一斛珠

曉粧初過。沈檀輕注些兒箇。向人微露丁香顆。一曲清歌，暫引櫻桃破。　羅袖裛殘殷色可。杯深旋被香醪涴。繡牀斜憑嬌無那。爛嚼紅絨，笑向檀郎唾。

【箋評】李後主有極富貴極絢爛之詞，如此一首及下列二詞是也。沈檀黃粉之類，以畫眉者。丁香顆，靨飾；靨，頰輔也，俗謂酒渦，笑時則露。李元膺《憶笑爵》云：「乍向客前猶掩飲，不知已覺鈿窩深。」王嘉《拾遺記》載吳宮有獺髓補痕之事，宫女皆以丹青點頰，女妝遂有靨飾；《花間》詞：「淺笑含雙靨。」又曰：「笑靨嫩疑花折。」宋詞「小唇秀靨」是也。此詞先言眉繼言靨，再言唇，端詳面部，自上而下，故知丁香顆爲靨飾也。丁香顆又可微爲面飾者，《酉陽雜俎》曰：「今婦人面飾用花子。起自唐，上官昭容所制，以掩點跡也。」按宋武帝女壽陽公主人日卧於含章殿檐下，梅花落額上成五出花，拂之不去，經三日，洗之乃落，宫女奇其異，競效之，花子之作，殆起於是。如是觀之，婦人面有斑點，當以花子爲掩飾，丁香花極小，以掩點跡，尤覺天然也。白香山詩：「櫻桃樊素口。」婦人以小唇爲美也。殷音斑，酒漬斑斑然也，「無那」，猶言「無奈」。《詩》：「子兮子兮，如此粲者何！」和凝詞：「醉來咬損新花子，拽住仙郎盡放嬌。」繡牀斜凭，放嬌正其時矣！楊孟載《春繡絶句》云：「閒情正在停針處，笑嚼紅絨唾北窗。」紅絨猶言紅絲線頭，婦人穿鍼時以唾潤絲線入鍼孔，常嚼此殘絲線頭於齒間也。張翥詞云：「汗巾紅漬檳榔液，錯認窗前唾繡絨。」則比擬不倫矣！檀奴，潘岳小名，潘岳美風姿，後世呼美丈夫爲檀郎本此。《夢溪筆談・藥議中》云：「按《齊民要術》云：『雞舌香世以其似丁子，故一名丁子香，即今丁香是也。』日華子云：『雞舌香治口氣，所以三省故事郎官日含雞舌香，欲其奏事對答其氣芬芳，此正謂丁香治口氣。』」按後主此詞，先言宮嬪「向人微露丁香顆」，繼謂「爛嚼紅絨，笑向檀郎唾」，愚意宮嬪唾絨雖至狎昵，而口氣終不可觸至尊，殆必先含雞舌香以芬芳其口腔，雞舌香既名丁香，正所謂「向人微露丁香顆」者矣。三省故事，郎官日含雞舌香，欲其奏事對答，其氣芬芳；省中宮中，俱承宸音，與其辟咡而對，何如含香入口，其理正同也。

浣溪沙

紅日已高三丈透。金爐次第添香獸。紅錦地衣隨步皺。佳人舞點金釵溜，酒惡時拈花蕊齅。別殿遥聞簫鼓奏。

【箋評】《侯鯖録》：金陵人謂中酒曰酒惡，則知後主詩曰「酒惡時拈花蕊齅」，用鄉人語也。

玉樓春

晚妝初了明肌雪。春殿嬪娥魚貫列。笙簫吹斷水雲間，重按霓裳歌徧徹。　臨春誰更飄香屑。醉拍闌干情味切。歸時休放燭花紅，待踏馬蹄清夜月。

【箋評】《開元天寶遺事》：楊國忠用沉香爲閣，檀香爲闌，以麝香乳香篩土和爲泥飾壁。「臨春」，陳後主閣名也。

《詞苑叢談》：李後主宮中未嘗點燭，每至夜則懸大寶珠，光照一室，如日中，嘗賦《玉樓春》，即此闋也。

相見歡

林花謝了春紅。太悤悤。無奈朝來寒雨晚來風。　胭脂淚。留人醉。幾時重。

自是人生長恨水長東。

【箋評】

自此闋以下，皆後主血淚文字也。人主長於深宫之中，不離婦人之手；玉樓瑶殿，大有人圖；美嬪嬌嫱，豈能長保？及天下事大亂好家居撞壞，然後日以眼淚洗面對之，則亦噬臍何及矣！然劉向有言：「自古無不亡之國。」漢闕唐陵，終委諸荒煙蔓草，則又何若有此血淚文字，以照瑩宙合間，鏤人心腦，永永不忘哉？噫！後主及身之不幸，後主身後之幸也。善乎王静安論之曰「後主儼有釋迦、基督擔荷人類罪惡之意」，其成就可謂極偉矣。編者《培風樓詩餘》亦有《撥櫂子》一詞贊李後主云：「悲管發。逐清瑟。春殿嬪娥魚貫列。四十幾年家國。空贏得，和淚胭脂凝酒色。鳳釵蟬鬓無消息，江南尚染啼鵑血。嘆戰壘舊朝虚設。憑誰問，秋院梧桐深夜月？」不知亦能搔著後主癢處否？

又

無言獨上西樓。月如鉤。寂寞梧桐深院鎖清秋。剪不斷。理還亂。是離愁。別是一般滋味在心頭。

【箋評】「剪不斷」從杜子美「安得并州快剪刀，剪取吴淞半江水」句翻出；「理還亂」用《北史》齊文宣帝高洋快刀斬亂絲事。

采桑子

轆轤金井梧桐晚，幾樹驚秋。舊雨新愁。百尺蝦鬚在玉鉤。　瓊窗春斷雙蛾皺，回首邊頭。欲寄鱗遊。九曲寒波不泝流。

【箋評】「百尺蝦鬚在玉鉤」，奈何帝終有南面倨傲氣象；「九曲寒波不泝流」，即唐昭宗《菩薩蠻》詞結語「何處有英雄，迎奴歸故宫」之呼聲也。黄河落天走東海，豈有倒流向西之理？此詞心之所以愈悲也。

又

亭前春逐紅英盡，舞態徘徊。細雨霏微。不放雙眉時暫開。　緑窗冷静芳音斷，香印成灰。可奈情懷。欲睡朦朧入夢來。

【箋評】《墨莊漫録》云：宣和間宫中重異香，廣南篤耨，龍涎，亞悉，金顔，雪香，褐香，軟香之類，篤耨有黑白二種，黑者每貫數十斤，白者止一二斤；以瓠壺盛之，香性熏漬，破之可燒，號瓠香；白者價直八十千，黑者三十千，外廷得之，以爲珍異也。

亭皋花落，妝存半面；緑窗雨黯，春鎖雙眉；於斯時也，酒冷香消，音塵兩絶，能不恇怯玉人於睡夢中闖來一見耶？詞心曲折迷離，令人惘極。

蝶戀花

遥夜亭皋閒信步。纔過清明，早覺傷春暮。數點雨聲風約住。朦朧淡月雲來去。

桃李依依春暗度。誰在秋千，笑裏低低語。一片芳心千萬緒。人間没箇安排處。

【箋評】此詞一句一曲，吞吐幽咽，不可思議。亭皋散步而於遥夜，一曲也；纔過清明而即覺春暮，二曲也；雨聲未透爲風所取，三曲也；月影乍來爲雲所掩，四曲也；桃李爛漫未遑賞春，五曲也；春在悲淚之中，而誰於秋千下低低笑語，六曲也；末二句則如挽弓至滿，不得不發，詞心醞釀深醇，始辨此境，愁悃已極，轉見豁達高健，歸於自然。

菩薩蠻

花明月黯籠輕霧。今宵好向郎邊去。剗韈步香階。手提金縷鞋。　畫堂南畔見。一向偎人顫。奴爲出來難。教郎恣意憐。

【箋評】

古者韈皆有係，《文子》曰：「文王伐崇韈係解」，《史記》廷尉張釋之爲王生結韈，可證。《實録》曰：「魏文帝吴妃，乃始裁縫爲之。」剗襪或韈之無係者，女子臨睡時所著之韈，即爲剗韈；唐人《醉公子》詞云：「門外猧兒吠，知是蕭郎至；剗韈下香階，冤家今夜醉。扶得入羅帷，不肯脱羅衣；醉則從他醉，還勝獨睡時。」足見剗襪皆睡前所著，不關女子與人期會也。

此詞傳爲後主與小周后幽會而作，人謂手提金縷鞋而剗襪步香階者，防履聲爲人所覺，致妨幽期，其語妄甚謬甚！宫中深邃，豈有人主幸一女子而恐爲人所窺者乎？實者金縷鞋如金縷枕，魏文帝授陳思王以甄后金縷枕，陳思因作《感甄》一賦，今之《洛神賦》是也！文人遐思，用情於不可用之地，往往如此。後主殆有意中人恐不得諧，故賦此闋以傳其空中之恨而已！「鞋」音喻「諧」也。至此闋末二語「奴爲出來難，教郎恣意憐！」尤有鎖子菩薩化身妓女以受諸惡少徧淫饜衆生大欲之意，大詩人大詞人絞盡腦智創製感人之篇以娱悦人者，作品愈少而愈精，令人色授魂與，百讀不厭；豈非出來難而受人恣意憐者乎？解一切豔詩豔詞，皆須具此解識。王獻之詩：「相憐兩樂事，獨使我殷勤。」一切文學使人可樂，皆一切作者殷勤之賜也。

烏夜啼

昨夜風兼雨，簾幃颯颯秋聲。燭殘漏斷頻欹枕，起坐不能平。世事漫隨流水，算來夢裏浮生。醉鄉路穩宜頻到，此外不堪行。

【箋評】「外間大有人圖儂」，「好頭顱誰當斫之」，後主籌之熟矣——是以荒於酒色，冀及身不見其禍而已——醇酒婦人，英雄才士末路，柔鄉之外，惟有此塗可適耳。

臨江仙

櫻桃落盡春歸去，蝶翻輕粉雙飛。子規啼月小樓西。玉鉤羅幕，惆悵暮煙垂。　別巷寂寥人散後，望殘煙草低迷。爐香閒裊鳳皇兒。空持羅帶，回首恨依依。

【箋評】

《墨莊漫録》云：宣和間，蔡寶臣致君收南唐後主書數軸來京，以獻蔡絛。其一乃王師攻金陵城垂破時，倉皇中作一疏，禱於釋氏，願兵退之後，許造佛像若干身，菩薩若干身，齋僧若干萬員，建殿宇若干所，字畫潦草，然皆遒勁可愛，蓋危窘急中所書也。又有看經《發願文》，自稱蓮蓬居士李煜。又有長短句《臨江仙》云云，即此詞而無尾句，劉延仲爲補之云：「何時重聽玉驄嘶，樸簾飛絮，依約夢回時！」

《識小録》：古者婦人皆長帶，結者名曰綢繆；垂者名曰襳褵；結而可解者曰紐；結而不可解者曰締。

詞話考證咸謂此闋爲圍城中最後之作，江南櫻桃，三月花四月實，花殘則春歸，道藏經云：蝶交則粉退，蜂交則黄退，雙飛言其暫時也。新月初掛，杜鵑啼起，捲簾睇之，但見暮煙籠罩，猶辛稼軒詞「斜陽正在煙柳斷腸處」也。換頭二句，重言暮煙，伸反復迷亂之緒；爐香徐自小鳳皇式之香爐而出裊，倍極悠閒，而不知已將揮淚對宫娥，輕分羅帶，與之永别；能不回首悵恨欲絶耶？後主知一失乳之嬰，彌見慘痛，彌見天真。

浪淘沙

簾外雨潺潺。春意闌珊。羅衾不耐五更寒。夢裏不知身是客，一晌貪歡。獨自莫憑欄。無限關山。别時容易見時難。流水落花春去也，天上人間。

【箋評】此闋與下列二首皆後主歸命汴京之作，距賜牽機藥不遠矣！灑最後一滴淚，流最後一滴血，含思悽惋，造語哀迷，令人不忍卒讀！謚之詞聖，誰曰不宜？夫詩聖之有杜甫，未若詞聖之有李後主也！杜子美舍其「語不驚人死不休」、「丈夫垂名動萬年」與諸排律，則庶幾真詩聖矣！文學精緒，惟在務感人而不在務勝人，杜子美尚有勝人之意，若李重光則怨慕反復者，不厭其繾綣，蘊蓄深厚者，不減其昭彰；蓋一往情深，悱惻芬芳，而不能自已者也，尊爲詞聖，吾無間然矣！

後主舊有「樓上春寒水四面」之句，學士刁衎起奏，「陛下未見其大者」，意以爲諷；此闋「羅衾不耐五更寒」，似聯想及舊句矣！清厲樊榭詩云：「春寒來似越兵來！」奇迥之至！後主之不畏寇兵而畏春寒，真有似於「春寒來似越兵來」者矣！噫。

又

往事已堪哀。對景難排。秋風庭院蘚侵階。一桁珠簾閒不捲，終日誰來。金劍已沈埋。壯氣蒿萊。晚涼天静月華開。想得玉樓瑶殿影，空照秦淮。

【箋評】

江淹《銅劍讚序》云：「《越絶書》曰：赤墐之山，破而出錫；若邪之溪，涸而出銅；歐冶鑄以爲純鉤之劍。又汲冢中得一銅劍，長三尺五，及今所記干將者，亦皆非鐵，明古者以銅錫爲兵器也。又《左傳》僖公十八年鄭伯始朝於楚，楚賜之金，既而悔之，盟曰，無以鑄兵！故以鑄三鐘，杜預注，楚金利故也！」祖平案：金劍即銅劍也，古者傳國寶多有劍，如漢高斬蛇劍，至梁元帝江陵之陷始失是也。金劍無存，玉樓尚在，對語無限哀憤。

楊文公《談苑》云：江南後主患清暑閣前草生，徐鍇令以桂屑布甎縫間，宿草盡死，見《夢溪筆談》。此詞後主被虜入汴所作，秋風庭院，草蘚侵階，則亦任之而已，蓋庭院者，他家之庭院，所惡豈僅蘚侵階而已哉？燕子嗔垂一桁簾者，不論終日無人來，即佐人小鳥，亦併無之矣！淵明句：「我心固匪石，君情定何如？」勢位富厚一去，如是，如是！

虞美人

春花秋月何時了。往事知多少。小樓昨夜又東風。故國不堪回首，月明中。

雕闌玉砌應猶在。只是朱顔改。問君還有幾多愁。恰似一江春水，向東流。

【箋評】後主作紅羅亭子，四面栽紅梅花，作豔曲歌之；韓熙載和云：「桃李不須誇爛漫，已輸了風吹一半！」時淮南已歸周，此闋「小樓昨夜又東風」，感喟重重。

馮延巳 二十首

鵲踏枝

誰道閒情抛擲久。每到春來，惆悵還依舊。日日花前常病酒。不辭鏡裏朱顔瘦。

河畔青蕪隄上柳。爲問新愁，何事年年有。獨立小橋風滿袖。平林新月人歸後。

又

幾日行雲何處去。忘卻歸來，不道春將暮。百草千花寒食路。香車繫在誰家樹。

淚眼倚樓頻獨語。雙燕來時，陌上相逢否。撩亂春愁如柳絮。依依夢裏無尋處。

又

六曲闌干偎碧樹。楊柳風輕，展盡黄金縷。誰把鈿箏移玉柱。穿簾海燕雙飛去。

滿眼游絲兼落絮。紅杏開時，一霎清明雨。濃睡覺來鶯亂語。驚殘好夢無尋處。

【箋評】

馮夢華云：「翁俯仰身世，所懷萬端，繆悠其詞，若顯若晦；揆之大義，比興爲多！若《蝶戀花》（即《鵲踏枝》）諸詞，其旨隱，其詞微，勞人思婦，羈臣遊子，鬱伊愴怳之所爲，翁何致而然耶？」祖平謹案：「香車繫在誰家樹」，喻政務廢弛，「誰把鈿箏移玉柱」，將有改姓易朔之痛，此其所以「日日花前常病酒」者歟？三首宜合觀。

采桑子

酒闌睡覺天香暖，繡户慵開。香印成灰。獨背寒屏理舊眉。朦朧卻向燈前卧，牕月徘徊。曉夢初回。一夜東風綻早梅。

【箋評】

《墨莊漫録》云：漢宫香方：鄭康成注，沈水香二十四銖，著石蜜複湯𩰪，以指嘗試，能飲甲則已，（南海賈脂貴一種香木末，如蜜房鋭澤，正黄可滅甲。）以寒水炭四焙之，青木香十二之一，可酌損之；雞舌香以其子，勿以其母，（青木香，用二錢。）合擣爲糜；（沈水得𩰪蜜，煙黄而氣鬱。）投初𩰪蜜中，媒使相悦，悶以黄瑩蜜隙埳不津地霾之火，再中許出之，投籠腦六銖，麝損半一爐注如黄子，薰鬱鬱略聞百步中人也。

唐明皇令畫工畫十眉圖，一曰鴛鴦眉，又名八字眉；二曰小山眉，又名遠山眉；三曰五岳眉；四曰三峯眉；五曰垂珠眉；六曰月陵眉，又名卻月眉；七曰分梢眉；八曰涵煙眉；九曰拂雲眉，又名横煙眉；十曰倒暈眉。古之畫眉，盡去其真者而畫之，蓋無日而不畫也！「獨背寒屏理舊眉」，不逐時尚，寫出美人幽敻難合之致，所以可貴！

謁金門

風乍起。吹皺一池春水。閒引鴛鴦香徑裏。手挼紅杏蕊。　鬥鴨闌干獨倚，碧玉搔頭斜墜。終日望君君不至。舉頭聞鵲喜。

【箋評】

「吹皺一池春水」，南唐中宗所謂「干卿底事」者也，中宗蓋一時戲言耳！文學中自有一種寫境詩詞，寫境者，身境也，身境宜切近，則謝康樂「池塘生春草」、薛道衡「空梁落燕泥」爲不可尚矣！　然細論之，亦干卿底事者也；使膠執此義，惟有劉夢得《玄都觀詩》：「玄都觀裏桃千樹，盡是劉郎去後栽。」「種桃道士歸何處，前度劉郎今又來！」足與作者相關矣。詞中有不要緊語，有與己無關語，隨手拈來，反成語妙；如辛稼軒《西江月》：「舊時茅店社林邊，路轉溪橋忽見！」黄仲則《醜奴兒慢》：「頹牆左側，小桃放了，没箇人知！」皆所謂不重要，與己無涉者也。

毛西河云：陸龜蒙有鬥鴨一欄，乃江南風土嬉戲之事。

虞美人

碧波簾幕垂朱户。簾下鶯鶯語。薄羅依舊泣青春。野花芳草逐年新，事難論。

鳳笙何處高樓月。幽怨憑誰説。須臾殘照上梧桐。一時彈淚與東風，恨重重。

又

玉鉤鸞柱調鸚鵡。宛轉留春語。雲屏冷落畫堂空。薄晚春寒無奈，落花風。搴簾燕子雙飛去。拂鏡塵鸞舞。不知今夜月眉彎。誰佩同心雙結，倚闌干。

【箋評】

繁欽《定情詩》：「何以結中心？素縷連雙鍼！」注謂姜氏女與鄰人文胄通殷勤，文胄貽以百鍊水晶鍼；姜取履箱巾連理線，貫雙鍼結同心縷以答之，此同心雙結所自昉也。又梁武帝詩：「腰間雙綺帶，夢爲同心結。」

舞春風

嚴妝才罷怨春風。粉牆畫壁宋家東。蕙蘭有恨枝猶緑，桃李無言花自紅。燕燕巢時簾幕卷，鶯鶯啼處畫樓空。少年薄倖知何處，每夜歸來春夢中。

【箋評】

古人詩詞以興象爲主，黄山谷詩：「花竹有和氣。」馮正中詞：「桃李無言花自紅。」正是一律；如以今人句法推敲之，則花和竹清，桃紅李白，未爲無瑕之璧也。「少年薄倖知何處？每夜歸來春夢中」勝於「蕩子行不歸，空牀難獨守」者多矣！

南鄉子

細雨溼流光。芳草年年與恨長。煙鎖鳳樓無限事，茫茫。鸞鏡鴛衾兩斷腸。

魂夢任悠揚。睡起楊花滿繡牀。薄倖不來門半掩，斜陽。負你殘春淚幾行。

【箋評】

伊鬱沈咽，足敵一篇《長門賦》，奈何人只賞其「細雨溼流光」五字耶？

孟郊詩：「欠爾千行淚」，此詞末句本之。

更漏子

金剪刀，青絲髮。香墨蠻箋親劄。和粉淚，一時封。此情千萬重。

蓬垂鬢。塵侵鏡。已分今生薄命。將遠恨，上高樓。寒江天外流。

【箋評】

薛用弱《集異記》：歐陽詹遊太原，悦一妓，將別，約至都相迎；妓思之不已，得疾且甚，乃刃其髻藏之，謂女弟曰：「歐陽生至，可以爲信！」又作詩曰：「自從别後減容光，半是思郎半恨郎；欲識舊來雲髻樣，爲奴開取縷金箱！」絶筆而逝。（下略）此詞疑用此事寓感。宋人賀方回亦有《江城子》一首云：「麝薰微度繡芙容。翠衾重。畫堂空。前夜偷期，相見卻悤悤。心事兩知何處問，依約是，夢中逢。　坐疑行聽竹窗風。出簾櫳。杳無蹤。已過黄昏，才動寺樓鐘。暮雨不來春又去，花滿地，月朦朧。」味其詞意，殆似詠會真記事，足見詞人託興固有此體也。

周岸登曰：《更漏子》，唐腔四十六字之小令耳！然唱時虚腔甚多。編者謹案：虚腔者，即所謂鄭聲也；「鄭」讀「鄭重」之鄭。古者一字一音，並無虚腔，謂之雅樂；一字而放作靡曼之拖音者則爲鄭聲；唐腔《更漏子》，或亦所謂新聲也，宋人就其虚腔展作百零四字之慢詞，音節諧婉，足令人蕩氣迴腸，銷魂落淚。賀方回有《更漏子》一闋，即由小令演作慢詞者，附録於此，學者藉此可知慢詞産生之由來矣！詞云：「芳草斜曛映，畫橋接水，翠閣臨津。數闋清歌，兩行紅粉，厭厭别酒初醺。芳意贈我殷勤，羅巾雙黛痕。便蘭舟初上，洞府人間，素手初分。　十里綺陌香塵。望紫雲車遠，已掩青門。迤邐黄昏。景陽鐘動，臨風隱隱猶聞。明朝水館漁村。憑誰招斷魂。恨不如今夜，明月多情，應待歸雲。」

又

風帶寒，秋正好。蕙蘭無端先老。雲杳杳，樹依依。離人殊未歸。　搴羅幕。憑朱閣。不堪獨悲寥落。月東出，雁南飛，誰家夜擣衣。

又

玉爐煙，紅燭淚。偏對畫堂秋思。翠眉薄，鬢雲殘。夜來衾枕寒。　梧桐樹。三更雨。不道離情更苦。一葉葉，一聲聲，空階滴到明。

菩薩蠻

畫堂昨夜西風過。繡簾時拂朱門鎖。驚夢不成雲。雙蛾枕上顰。　金鑪煙裊裊。燭暗紗窗曉。殘月尚彎環。玉箏和淚彈。

【箋評】

西風夜起，朱門魚鑰拂動，初疑爲薄倖人來，繼審其誤；乃此一聲，徒驚高唐之夢，不成一晌之歡，醒覺時雙蛾不禁爲之顰蹙；此美人望幸之意，人臣欲得君之切也。殘月弓彎，彈箏含泣，則「不惜歌者苦，但傷知音稀」之旨也。

又

嬌鬟堆枕釵横鳳。溶溶春水楊花夢。紅燭淚闌干。翠屏煙浪寒。　錦壺催畫箭。玉佩天涯遠。和淚試嚴妝。落梅飛曉霜。

【箋評】

《開元天寶遺事》云：宫中嬪妃輩施素粉於兩頰，相號爲淚妝，識者以爲不祥；後有禄山之亂。

王静安最賞馮正中「和淚試嚴妝」五字，以爲正中詞品似之。編者謹案：此五字人皆粗忽看過，不知其涵藴之深；竊以此五字之境，既懷願望，復抱悲恨；即之不能，舍之不可；怨慕交作，啼笑皆非；文學之最高境也。譬如陳皇后獨居長門宫，金屋雖在，玉輦不來；日以眼淚洗面，可揣知也！然漢武帝感於司馬相如一賦，尚復一幸長門，則千金未買相如作賦之前，陳皇后固「和淚試嚴妝」，日望車駕之臨幸也！此時失愛之女子，其内心之藴結爲何如乎？至唐之梅妃則悻悻現於面，乃不逢此，於明皇賜珍珠後作詩謝之曰：「桂葉雙眉久不描，殘妝和淚污紅綃；長門盡日無梳洗，何必珍珠慰寂寥！」則語怨而有慍意矣！世間好色男子，決不因失愛之女於毁妝悲泣而悔動於心；世間極慧之女子，決不因所歡不愛而懈其梳洗；則和淚試嚴妝之女子，真秀外惠中之選矣！推之人臣事主，亦復如是，屈原不因懷王之疎己而消其忠直好修之情；士無恒産而有恒心；遭邦之無道危行而言遜；皆和淚試嚴妝之時也。

又

回廊遠砌生秋草。夢魂千里青門道。鸚鵡怨長更。碧籠金鎖横。　羅幃中夜起。霜月清如水。玉露不成圓。寶箏悲斷絃。

【箋評】

《水經注》：霸城門門色青，故名青城門，亦曰青綺門，亦曰青門。

點絳脣

蔭緑圍紅，飛瓊家在桃源住。畫橋當路，臨水開朱户。　柳徑春深，行到關情處。顰不語，意憑風絮，吹向郎邊去。

【箋評】曹子建《雜詩》：「願爲南流景，馳光見我君！」即此詞末二語所祖。

賀聖朝

金絲帳暖牙牀穩。懷香方寸，輕顰輕笑，汗珠微透，柳沾花潤。　雲鬟斜墜，春應未已，不勝嬌困。半攲犀枕，亂纏珠被，轉羞人問。

【箋評】此豔詞也，秦少游《一叢花》之「簪髻亂抛，偎人不起，彈淚唱新詞」全學此處。

江城子

碧羅衫子鬱金裙。好精神。小腰身。每到花時，長是不宜春。早是自家無氣力，更被你，惡憐人。

【箋評】《識小録》：自漢魏六朝至唐，宫中衣皆尚窄；韓偓詩：「長長漢殿眉，窄窄楚宫衣。」李賀詩：「秃衿小袖調鸚鵡」；又「越羅小袖新香蒨」可證。此詞「小腰身」三字，可想五代仍依唐制。

祖平謹案：梁簡文帝《詠美人觀畫詩》：「分明浄眉眼，一種細腰身；所可特爲異，長有好精神！」是此詞「好精神，小腰身」所本。

「惡憐人」三字最深雋。桓公之於管仲，一則曰仲父，再則曰仲父；是以管仲死前不能豫弭豎刁易牙開方啓五公子争國之禍，來蘇洵之深責，有「彼管仲者，何以死哉」之語，蓋齊桓有殊恩於管仲，可謂惡憐人者也。諸葛亮受先主三顧之恩，遂許先帝以馳驅。食少事煩，鞠躬盡瘁，乃有秋風五丈原之薨，亦可謂被昭烈惡憐者也。處士畏受恩遇，與美人怕逢愛幸正有相同，此詞費字不多，乃能傳出美人心事，發明千古君臣遭際，奇絶，奇絶！《詞品》：「唐詞多無换頭，張泌有《江城子》二闋，今人不知，合爲一首，誤矣！」

憶江南

去歲迎春樓上月。正是西牕夜涼時節。玉人貪睡墜釵雲。粉消香薄見天真。　人非風月長依舊。破鏡塵箏，一夢經年瘦。今宵簾幕颺花陰。空餘枕淚獨傷心。

【箋評】「人非風月長依舊」上二下五句法，下闋「重來不怕花堪折」亦同。

又

今日相逢花未發。正是去年別離時節。東風次第有花開。恁時須約卻重來。
重來不怕花堪折。只怕明年，花發人離別。別離若向百花時。東風彈淚有誰知。

【箋評】兩闋相聯如韋端己《女冠子》，「四月十七」，「昨夜夜半」之璧合珠聯，詞旨自明。

晏殊 四首

浣溪沙

一曲新詞酒一杯。去年天氣舊亭臺。夕陽西下幾時迴。無可奈何花落去，似曾相識燕歸來。小園香徑獨徘徊。

【箋評】 劉熙載云：「詞中句與字有似觸著者，所謂極鍊如不鍊也！晏元獻『無可奈何花落去』二句，觸著之句也。」近人王國維論詞貴不隔，不隔者，觸著之謂也。沈天羽謂「無可奈何花落去」，律詩俊語也！然自是天成一段詞，著詩不得，蓋謂詩之寫景較質重，詞之寫景尚輕靈；如杜詩「自去自來梁上燕，相親相近水中鷗」，語太逼真，轉見費力，不知終不類詞語也。

清平樂

金風細細。葉葉梧桐墜。綠酒初嘗人易醉。一枕小窗濃睡。　紫薇朱槿花殘。斜陽卻照闌干。雙燕欲歸時節，銀屏昨夜微寒。

【箋評】 鄭谷詩：「小桃初謝後，雙燕欲來時！」頗似《臨江仙》闋中對仗語，晚唐人詩似詞如此；元獻取其意，故見輕靈之致。

踏莎行

小徑紅稀，芳郊綠徧。高臺樹色陰陰見。春風不解禁楊花，濛濛亂撲行人面。

翠葉藏鶯，朱簾隔燕。爐香静逐遊絲轉。一場愁夢酒醒時，斜陽卻照深深院。

【箋評】杜甫詩：「此身飲罷歸何處？獨立蒼茫自詠詩！」同叔此闋末二語，大有此況味。

蝶戀花

檻菊愁煙蘭泣露。羅幕輕寒，燕子雙飛去。明月不諳離恨苦。斜光到曉穿朱户。　昨夜西風凋碧樹。獨上高樓，望盡天涯路。欲寄彩箋無尺素。山長水闊知何處。

【箋評】《人間詞話》：「古今之成大事業大學問者，必經過三種境界：『昨夜西風凋碧樹，獨上高樓，望盡天涯路。』此第一境也；『衣帶漸寬終不悔，爲伊消得人憔悴』！此第二境也；『衆裏尋他千百度，驀然回首，那人卻在，燈火闌珊處。』此第三境也，此等語皆非大詞人不能道……」初學爲詞者，多不曉其喻，編者案：如言治學，先須博極羣書，知天下學問脉絡所在；所謂「獨上高樓，望盡天涯路」者，第一境也；繼須由博返約，推十合一，力求精專，所謂「爲伊消得人憔悴」

者，第二境也；終則真積力久，不覺一旦豁然而貫通焉！所謂「那人卻在燈火闌珊處」者，第三境也。孰謂詞章小技，而不可因之見道哉？

范仲淹

漁家傲 三首

塞下秋來風景異。衡陽雁去無留意。四面邊聲連角起。千嶂裏。長煙落日孤城閉。　濁酒一杯家萬里。燕然未勒歸無計。羌管悠悠霜滿地。人不寐。將軍白髮征夫淚。

【箋評】范文正守邊日作《漁家傲》數首，皆以「塞下秋來風景異」爲起句，歐陽公常呼爲窮塞主之詞，不知者遂謂文正真以守邊爲苦；愚讀高適詩：「壯士軍前半死生，美人帳下猶歌舞！」蓋有刺大將居虎帳中，轉有以聲色自娛不恤壯士戰死者；文正先天下之憂而憂，軍中生活，據實直書，真以身作則者；如此詞「將軍白髮征夫淚」，無小無大，從公於邁，與士卒同甘苦者矣！

蘇幕遮

碧雲天，黃葉地。秋色連波，波上寒煙翠。山映斜陽天接水。芳草無情，更在斜陽外。黯鄉魂，追旅思。夜夜除非，好夢留人睡。明月樓高休獨倚。酒入愁腸，化作相思淚。

【箋評】懷去國之情者怕登樓，怯憑闌，王仲宣「雖信美而非吾土兮！曾何足以少留」，李後主「獨自莫憑闌，無限關山」是也。文正此作，頗具重光情調，然同中有異者，重光先天下之樂而樂，文正先天下之憂而憂耳！

御街行

紛紛墜葉飄香砌。夜寂靜，寒聲碎。真珠簾捲玉樓空，天淡銀河垂地。年年今夜，月華如練，長是人千里。愁腸已斷無由醉。酒未到，先成淚。殘燈明滅枕頭倚。諳盡孤眠滋味。都來此事，眉間心上，無計相迴避。

【箋評】自來寫夜景最工者，詩中有三：魏文帝「丹霞夾明月，華星出雲間」，蕭愨「芙蓉露下落，楊柳月中疏」，孟浩然「微雲澹河漢，疏雨滴梧桐」是也。詞中亦有三：李後主「數點雨聲風約住，朦朧淡月雲來去」，范文正「真珠簾捲玉樓空，天淡銀河垂地」，晏小山「舞低楊柳樓心月，歌盡桃花扇底風」是也。而張子野之「雲破月來花弄影」不與焉。

歐陽修 四首

訴衷情

清晨簾幕卷清霜。呵手試梅妝。都緣自有離恨，故畫作遠山長。　思往事，惜流芳。易成傷。擬歌先斂，欲笑還顰，最斷人腸。

【箋評】馮夢華云：「宋初大臣之爲詞者，寇萊公、晏元獻、宋景文、范蜀公與歐陽公並有聲藝，然數公或一時興到之作，未爲專詣；獨文忠與元獻學之既至，爲之亦勤，翔雙鵠於交衢，馭二龍於天路；且文忠家廬陵，元獻家臨川，詞家遂有西江一派，其詞與元獻同出南唐，而深致則過之。」

自來小詞寫女子色態者，易得其風流，難得其名貴；如李後主之「繡牀斜憑嬌無那，爛嚼紅絨，笑向檀郎唾」，酣綺極矣！尚不失身份！和凝之「佯弄紅絲蠅拂子，打檀郎」，牛松卿之「玉趾迴嬌步，約佳期」，則稍損身份矣。賀方回之「心事向人猶靦覥，强來窗下尋紅線」，「試問爲誰添瘦弱？嬌羞只把眉顰著」，則苦乏莊重，然尚未至失格也！及柳屯田之「盈盈背立銀缸，卻道你但先睡」，周清真之「海棠花謝春融暖，偎人恁嬌波頻溜」，則所寫青樓狹邪中之女子，品斯下矣。歐公此詞，「清晨簾幕卷清霜，呵手試梅妝」，發端便可見名貴嫻雅氣象；「擬歌先斂，欲笑還顰」則與「輕顰淺笑嬌無奈」，「挼碎花打人」者異矣！《六一詞》更有《臨江仙》寫妓女睡景云：「涼波不動簟紋平。水精雙枕，旁有墮釵橫。」不但不見狎昵，反見名貴豔逸，多少詞人反把自家美眷，寫成勾欄模樣，可爲一嘆！

踏莎行

候館梅殘，溪橋柳細，草薰香暖搖征轡。離愁漸遠漸無窮，迢迢不斷如春水。寸寸柔腸，盈盈粉淚。樓高莫近危欄倚。平蕪盡處是春山，行人更在春山外。

【箋評】

寇萊公詩云：「日落汀洲一望時，柔情不斷如春水！」六一「離愁漸遠漸無窮，迢迢不斷如春水」本之，能更見工緻。歐公「平蕪盡處是春山，行人更在春山外」能見深致，語復藴藉，及李泰伯效之云「已恨碧山相掩映，碧山更被暮雲遮」，則周匝層疊，令人讀之不快。歐之於寇，可謂青出於藍，李之於歐，可謂點金成鐵。

蝶戀花

庭院深深深幾許。楊柳堆煙，簾幕無重數。玉勒雕鞍遊冶處。樓高不見章臺路。
雨横風狂三月暮。門掩黄昏，無計留春去。淚眼問花花不語。亂紅飛過秋千去。

【箋評】

深深庭院，楊柳堆煙，本是寫景語；唐人絶句云：「四月江南無矮樹，人家多在緑陰中！」「楊柳堆煙」，其意同也。「淚眼問花花不語」，自是言情語；馮正中《南鄉子》云：「斜陽！負你殘春淚幾行？」歐公平生最喜馮詞，得其深致，集中《蝶戀花》調與馮相亂，此闋尤酷類正中，或由六一愛其語，偶寫此夾入文稿中，而人爲之編入歟？張皋文《詞選》指此詞喻政令暴急，韓范斥逐，王静安深不以爲然，設喻延巳所歷之世，則庶幾矣！

毛先舒云：「詞家意欲層深，語欲渾成；作詞者大抵意層深者，語便刻畫；語渾成者，意便膚淺；兩難兼也！」或欲舉其似，偶拈永叔詞云：「淚眼問花花不語，亂紅飛過秋千去。」此可謂層深而渾成，何也？因花而有淚，此一層意也。因淚而問花，此一層意也；花竟不語，此一層意也；不但不語，且又亂紅飛過秋千，人愈傷心，花愈惱人，此一層意也。語愈淺而意愈入，又絶無刻畫費力之跡，謂非層深而渾成耶？然作者初非措意，直如化工生物，筍未出而苞節已具，非寸寸爲之也，若先措意，便刻畫愈深，愈墮惡境矣！

浣溪沙

隄上游人逐畫船。拍隄春水四垂天。綠楊樓外出秋千。　白髮戴花君莫笑，六么催拍盞頻傳。人生何處似尊前。

【箋評】詩詞中有三出字最妙，杜甫「細雨魚兒出」，李白「秋水出芙蓉」，與此闋「綠楊樓外出秋千」是也。

張先

三首

一叢花令

傷高懷遠幾時窮。無物似情濃。離愁正引千絲亂，更東陌飛絮濛濛。嘶騎漸遥，征塵不斷，何處認郎蹤。雙鴛池沼水溶溶。南北小橈通。梯横畫閣黄昏後，又還是，斜月簾櫳。沈恨細思，不如桃杏，猶解嫁東風。

【箋評】此詞合於《詩》「摽梅」之義。周禮，二月男女論婚嫁，桃杏嫁東風，正在是時；而有女懷春，終不得吉士爲匹，此其所謂「沈恨細思」也。詞旨喻懷才之士，學行已聞，而聘辟不至；曹子建《美女篇》：「媒氏何所營？玉帛不時安！佳人慕高義，求賢良獨難……盛年處房室，中夜起長嘆！」其恨與此相同也。《緑窗新話》引《古今詞話》，乃以子野嘗暱一幼尼，爲老尼所格，每於夜深人静，攀梯登閣，與之幽會；及别不勝惓惓，作爲此詞，其事醜極，讕言不足信也。

天仙子

水調數聲持酒聽。午醉醒來愁未醒。送春春去幾時回，臨晚鏡。傷流景。往事後期空記省。沙上並禽池上瞑。雲破月來花弄影。重重簾幕密遮燈，風不定，人初静。明日落紅應滿徑。

【箋評】《花間》小令，穠麗豔逸，多整篇粹美，不以名句勝人。及北宋乃工琢句，如晏元獻之「無可奈何花落去，似曾相識燕歸來」，宋子京之「紅杏枝頭春意鬧」，歐陽公之「綠楊樓外出秋千」，及此作之「雲破月來花弄影」，其整篇皆不盡穠麗豔逸也。時至南宋，但以鋪敍穩順、協於體格見長，多無新意，求其名句尚不可得；此詞學之所以愈衰，亦演變之勢也。

青門引

乍暖還輕冷。風雨晚來方定。庭軒寂寞近清明，殘花中酒，又是去年病。樓頭畫角風吹醒。入夜重門静。那堪更被明月，隔牆送過秋千影。

【箋評】「隔牆送過秋千影」，本句内意義不能完足，必須增「那堪更被明月」六字始明，故以此遠遜「雲破月來花弄影」也。從來佳句，得之極自然，不須補湊，且本句内意義自完足也。

柳　永　八首

鬭百花

滿搦宫腰纖細。年紀方當笄歲。剛被風流沾惹，與合垂楊雙髻。初學嚴妝，如描似削身材，怯雨羞雲情意。舉措多嬌媚。爭奈心性，未會先憐佳壻。長是夜深，不肯便入鴛被。與解羅裳，盈盈背立銀釭，卻道你但先睡。

【箋評】柳詞以白描見長，如無淫媟之句，自是詞中白樂天。

晝夜樂

洞房記得初相遇。便只合，長相聚。何期小會幽歡，變作別離情緒。況值闌珊春色暮。對滿目亂花狂絮。直恐好風光，盡隨伊歸去。一場寂寞憑誰訴。算前言，總輕負。早知恁地難拚，悔不當初留住。其奈風流端正外，更別有繫人心處。一日不思量，也攢眉千度。

【箋評】《樂章集》有淡語而警絶者，如「直恐好風光，盡隨伊歸去」是也。

玉樓春

有箇人人真堪羨。問卻佯羞回卻面。你若無意向咱行，爲甚夢中頻相見。不如聞早還卻願。免使牽人魂夢亂。風流腸肚不堅牢，只恐被伊牽惹斷。

【箋評】

「不如聞早還卻願」猶言「不如趁早了卻百年大願也」，浪子口吻，可笑！

婆羅門令

昨宵裏恁和衣睡。今宵裏又恁和衣睡。小飲歸來，初更過，醺醺醉。中夜後，何事還驚起。霜天冷，風細細。觸疏窗，閃閃燈搖曳。空牀展轉重追想。雲雨夢，任欹枕難繼。寸心萬緒，咫尺千里。好景良天，彼此空有相憐意。未有相憐計。

【箋評】

此詞已逗大石之門，張小山《朝天子》云：「與誰。畫眉。猜破風流謎。銅駝巷裏玉驄嘶。夜半歸來醉。小意收拾，怪膽矜持。不識羞，誰似你！自知。理虧。燈下和衣睡。」令詞之成爲慢詞，柳耆卿、賀方回二家關繫爲多，此闋則直詞餘矣。

雨霖鈴 秋別

寒蟬淒切。對長亭晚，驟雨初歇。都門帳飲無緒，方留戀處，蘭舟催發。執手相看淚眼，竟無語凝咽。念去去千里煙波，暮靄沈沈楚天闊。　多情自古傷離別。更那堪冷落清秋節。今宵酒醒何處？　楊柳岸曉風殘月。此去經年，應是良辰好景虚設。便縱有千種風情，更與何人說。

【箋評】

《文賦》：「立片言以居要，乃一篇之警策。」此詞鋪敍展衍，娓娓道來，至下闋换頭處，以「多情自古傷離別」蓄勢，「更那堪冷落清秋節」襯之，故「今宵酒醒何處，楊柳岸曉風殘月」二語，摇曳而出，幽秀逸豔，慢詞中之絶佳者也。慢詞不同小令，小令中寫景語，如「紅杏枝頭春意鬧」、「緑楊樓外出秋千」，皆以本句完成其意旨，若此詞設無「今宵酒醒何處」一句，即「楊柳岸曉風殘月」亦不能生動矣。

慢卷紬

閒窗燭暗，孤幃夜永，欹枕難成寐。細屈指尋思，舊事前歡，都來未盡平生深意。到得如今，萬般追悔。空只添憔悴。對好景良宵，皺著眉兒，成甚滋味。　紅茵翠被。當時事，一一堪垂淚。怎生得，依前似恁，偎香倚暖，抱著日高猶睡。算得伊家，也應隨分，煩惱心兒裏。又争似從前，澹澹相看，免恁縈繫。

【箋評】 抽情宛轉，蓄感沈著，故雖有「抱著日高猶睡」一語，猶非淫詞；如歐陽炯之「蘭麝細香聞喘息，綺羅纖縷見肌膚。此時還恨薄情無」，拙重處亦勝於輕薄也。

蝶戀花

獨倚危樓風細細。望極離愁，黯黯生天際。草色山光殘照裏。無人會得憑欄意。 也擬疏狂圖一醉。對酒當歌，强樂還無味。衣帶漸寬終不悔。爲伊消得人憔悴。

【箋評】 自古忠臣烈士成仁就義，皆所謂「衣帶漸寬終不悔，爲伊消得人憔悴」者也。柳屯田在詞中，究是大家，觀其心氣噴薄而出，雖令詞尚得大開大闔。

八聲甘州

對蕭蕭暮雨灑江天，一番洗清秋。漸霜風凄緊，關河冷落，殘照當樓。是處紅衰緑減，苒苒物華休。惟有長江水，無語東流。 不忍登高臨遠，望故鄉渺邈，歸思難收。

嘆年來蹤跡，何事苦淹留。想佳人，妝樓顒望，誤幾回，天際識歸舟。爭知我，倚闌干處，正恁凝眸。

【箋評】

清壯頓挫，情聲跌宕。「霜風淒緊，關河冷落，殘照當樓」，雄闊之至！「妝樓顒望」，「倚闌凝眸」，沈細之至！自來大詞家，多合豪放婉約爲一手；李後主之「自是人生長恨水長東」，「晚涼天静月華開」，「九曲寒波不溯流」，「恰似一江春水向東流」，皆見大手筆揮灑，不必定以作「爛嚼紅絨，笑向檀郎唾」綺語爲工也。

蘇軾　五首

水調歌頭丙辰中秋歡飲達旦作此篇兼懷子由

明月幾時有，把酒問青天。不知天上宫闕，今夕是何年。我欲乘風歸去。又恐瓊樓玉宇。高處不勝寒。起舞弄清影，何似在人間。　轉朱閣，低綺户，照無眠。不應有恨，何事長向别時圓。人有悲歡離合。月有陰晴圓缺。此事古難全。但願人長久，千里共嬋娟。

【箋評】

王半塘云：「北宋人詞如潘逍遥之超逸，宋子京之華貴，歐陽文忠公之騷雅，柳屯田之廣博，晏小山之疏俊，秦太虚之婉約，張子野之流麗，黄文節之雋上，賀方回之醇肆，皆可模擬得其彷彿，惟蘇文忠之清雄，敻乎軼塵絶跡，令人無從步趨！　蓋霄壤相懸，甯止才華而已！其性情，其學問，其襟抱，舉非恒流所能夢見，詞家蘇辛並稱，其實辛猶人境也，蘇其殆仙乎？」

太白有《把酒問月》詩，又如：「花間一壺酒，獨酌無相親。舉杯邀明月，對影成三人。……我歌月徘徊，我舞影淩亂。……」奇情壯思，自然玄放，坡公此詞上半闋本之，更增縹渺空靈，遂成絶唱；使無謫仙在前，亦不能創獲至此也！　張若虚《春江花月夜》詩：「誰家今夜扁舟子？何處相思明月樓？　可憐樓上月徘徊，應照離人妝鏡臺；玉户簾中卷不去，擣衣砧上拂還來；此時相望不相聞，願逐月華流照君。……」坡公詞下半闋本之，更兼沈著曠達，不厭悲涼，蓋上半闋指天上，下半闋説人間；上半闋全是愛君，下半闋純爲懷弟，下筆嵯峨蕭瑟，有「大珠小珠落玉盤」之妙。

水龍吟 次韻章質夫楊花詞

似花還是非花，也無人惜從教墜。拋家傍路，思量卻似，無情有思。縈損柔腸，困酣嬌眼，欲開還閉。夢隨風萬里，尋郎去處，又還被，鶯呼起。　不恨此花飛盡，恨西園落紅難綴。曉來雨過，遺蹤何在？一池萍碎。春色三分，二分塵土，一分流水。細看來不是楊花，點點是離人淚。

【箋評】

王静庵云：「東坡《水龍吟》詠楊花，和韻而似元唱；章質夫詞元唱而似和韻，才之不可强也如是！」

附章楶《水龍吟·楊花》詞：「燕忙鶯懶芳殘，正隄上柳花飄墜。輕飛亂舞，點畫青林，全無才思。閒趁游絲，静臨深院，日長門閉。傍珠簾散漫，垂垂欲下，依前被風扶起。　蘭帳玉人睡覺，怪春衣雪霑瓊綴。繡牀漸滿，香毬無數，才圓卻碎。時見蜂兒，仰黏輕粉，魚吞池水。望章臺路杳，金鞍游蕩，有盈盈淚。」

念奴嬌赤壁懷古

大江東去，浪淘盡千古風流人物。故壘西邊，人道是，三國周郎赤壁。亂石崩雲，驚濤裂岸，捲起千堆雪。江山如畫，一時多少豪傑。遥想公瑾當年，小喬初嫁了，雄姿英發。羽扇綸巾，談笑間，强虜灰飛煙滅。故國神遊，多情應笑我，早生華髮。人間如夢，一尊還酹江月。

【箋評】

浩氣盤旋，大聲鞺鞳，清雄、豪健、曠達、悲壯諸境悉備；北宋詠懷古跡第一首詞也。「故國神遊，多情應笑我，早生華髮！」解者以爲公思蜀土，此語甚謬，設故國爲蜀，何須神遊耶？蓋公自神遊此二國争雄之故土，發思古之幽情，悲此生之速老，不能以焜熿功業方駕周郎耳。但龍争虎鬬，畢竟成塵，江山如畫，雄豪何在？則又不得不感人生如夢矣。惟江上之明月，目遇之如千古如新，姑酹一尊與之相視而笑乎！

《諸葛丞相集・黄陵廟記》：「趨蜀道，履黄牛，因覩江山之勝，亂石排空，驚濤拍岸。」即坡公「亂石崩雲，驚濤裂岸」所自昉也。

永遇樂

彭城夜宿燕子樓，夢盼盼，因作此詞。

明月如霜，好風如水，清景無限。曲港跳魚，圓荷瀉露，寂寞無人見。紞如三鼓，鏗然一葉，黯黯夢雲驚斷。夜茫茫，重尋無處，覺來小園行徧。天涯倦客，山中歸路，望斷故園心眼。燕子樓空，佳人何在？空鎖樓中燕。古今如夢，何曾夢覺，但有舊歡新怨。異時對黄樓夜景，爲余浩嘆。

【箋評】「燕子樓空，佳人何在？」寫境也；「空鎖樓中燕」，造境也。意此古樓闃寂，蟲絲繡户，何有燕子飛來，並棲梁上？然坡公造意如此，雖無此景而實有此情理，則不謂之語妙不可矣。

洞仙歌

余七歲時，見眉州老尼姓朱，忘其名，年九十歲，自言嘗隨其師入蜀主孟昶宫中，一日大熱，蜀主與花蕊夫人夜納涼摩訶池上作一詞，朱具能記之。今四十年，朱已死久矣，人無知此詞者，但記其首兩句，暇日尋味，豈洞曲歌令乎？乃爲足之云。

冰肌玉骨，自清涼無汗。水殿風來暗香滿。繡簾開，一點明月窺人，人未寢，欹枕釵横鬢亂。　起來攜素手，庭户無聲，時見疎星渡河漢。試問夜如何，夜已三更，金波淡，玉繩低轉。但屈指，西風幾時來，又不道流年，暗中偷换。

【箋評】

楊慎《詞品》：杜詩「關山同一點」，「點」字絶妙；東坡亦極愛，作《洞仙歌》云：「一點明月窺人。」用其語也，《赤壁賦》「山高月小」，用其意也。今書坊本改「點」作「照」，語意索然！且關山同一照，小兒亦能之，何必杜公也。

東坡詩：「苦熱念西風，常恐來無時。及兹遂凄凜，又作徂年悲！」此詞結語用己詩意。

黄庭堅

望江東　四首

江水西頭隔煙樹。望不見，江東路。思量只有夢來去。更不怕，江攔住。燈前寫了書無數。算没箇，人傳與。直饒尋得雁分付。又還是，秋將暮。

【箋評】

陳後山云：「今代詞手，唯秦七黄九耳！餘人不逮也。」李易安云：「黄詞尚故實，而多疵病，譬如良玉有瑕，價自減半矣！」近人王半塘，則以黄文節詞語雋上，然彭羨門各家之評，皆以黄不如秦。編者謹案：詞家常言「豪蘇膩柳」，指有慢詞後之作風言也；蓋小令不妨綺旎，慢詞鋪敍淫媟之事，只見塵鄙之氣撲人，不僅害道已也！東坡慢詞，有偉丈夫趣致，亦見一首作脂粉語否？此豪蘇之所以終高於膩柳也。詞家又常言「秦七黄九」，則又專指小令之作家言也；山谷令詞佳者，妙脱蹊徑，迥出慧心；如此闋「思量只有夢來去，更不怕，江攔住！」俊妙可見！「直饒尋得雁分付，又還是，秋將暮。」猶之「九曲寒鱗不遡遊」也，亦不失爲佳語；秦少游令詞，則奇麗精秀，北宋除小山外，殆無與匹敵者，故詞家亦推淮海、小山，而秦又與黄並稱者，因少游、山谷，並出東坡門下故也。

清平樂

春歸何處。寂寂無行路。若有人知春去處。唤取歸來同住。　春無蹤跡誰知。除非問取黄鸝。百囀無人能解，因風吹過薔薇。

鷓鴣天 坐中有眉山隱客史應之和前韻即席答之

黄菊枝頭生曉寒。人生莫放酒杯乾。風前横笛斜吹雨，醉裏簪花倒著冠。身健在，且加餐。舞裙歌板盡情歡。黄花白髮相牽挽，付與時人冷眼看。

【箋評】

山谷老人長於七言律句，《鷓鴣天》即《瑞鷓鴣》，宜其優爲之！楊慎《詞品》云：「若唐人之七言律，即填詞之《瑞鷓鴣》也，」可參證。東坡句：「人老簪花不自羞，花應羞上老人頭」，與黄詞「黄花白髮相牽挽，付與時人冷眼看！」連犿可喜正同。

定風波 次高左藏使君韻

萬里黔中一漏天。屋居終日似乘船。及至重陽天也霽。催醉。鬼門關近蜀江前。莫笑老翁猶氣岸。君看。幾人白髮上華顛。戲馬臺前追兩謝。馳射。風情猶拍古人肩。

【箋評】

此詞上下闋，若除去「催醉」、「君看」、「馳射」三短柱韻，即兩首七言絶句也。山谷七絶尤天下之奇作，其後上之致，邁往之氣，雖坡公亦有不逮；不過以詩爲詞，實非當行，宜《侯鯖録》謂爲「着腔子唱好詩」也。

秦觀　十四首

八六子

倚危亭，恨如芳草，萋萋剗盡還生。念柳外青驄别後，水邊紅袂分時，愴然暗驚。無端天與娉婷。夜月一簾幽夢，春風十里柔情。怎奈何，歡娱漸隨流水，素絃聲斷，翠綃香減，那堪片片飛花弄晚，濛濛殘雨籠晴。正消凝。黄鸝又啼數聲。

【箋評】杜甫上肅宗三賦自云：「沈鬱頓挫，過於楊馬。」此詩家自承造詣之真，非虚語也。愚謂一切文學，莫不可以此四字概之：「沈鬱」屬於情緒，「頓挫」屬於姿態；如言長短句之妙處，即在吞吐勾勒，吞吐屬於情緒，以「沈鬱」爲貴也；勾勒屬於姿態，以「頓挫」爲貴也。如淮海此詞：「倚危亭恨如芳草，萋萋剗盡還生！」一起即見無限愁思奔赴而來，沈鬱之至也！至下半闋「無端……怎奈何……那堪……」極盡跌宕能事，而終復以「正消凝，黄鸝又啼數聲」結之，一波三折，一谿九曲，姿態横生，不可端倪矣！此其所以爲北宋第一詞家歟？

滿庭芳

山抹微雲，天黏衰草，畫角聲斷譙門。暫停征棹，聊共引離尊。多少蓬來舊事，空回首，煙靄紛紛。斜陽外，寒鴉數點，流水繞孤村。消魂。當此際，香囊暗解，羅帶輕分。謾贏得，青樓薄倖名存。此去何時見也？襟袖上，空惹啼痕。傷情處，高城望斷，燈火已黄昏。

【箋評】

此詞奇麗工緻，復饒情韻。詳其聲律微妙，已開美成矩矱；如「共引」二字去上，「數點」二字去上，「此際」二字去上，「暗解」二字去上，「見也」二字去上，「望斷」二字去上，雖不必盡拘依，然依聲照填，愈臻其妙。近人周岸登亦云：「少游《滿庭芳》詞，『聊』字、『流』字、『燈』字以用平爲主，上入亦可用，切不可用去聲也！合觀少游三作可見。」此蓋少游填詞藝事已屆登峯造極之境，美成學之，不過踵事增華而已。

「斜陽外，寒鴉數點，流水繞孤村。」熱鬧場中作冷静語，已自不凡；而涉想歡娱，終歸陳跡；舞榭歌臺，不過荒煙蔓草之前驅！尤非奇慧人不能道。「傷情處，高城望斷，燈火已黄昏。」情致纏綿，既别猶不能自已焉！《墨莊漫録》載少游中年欲學道，屢放遣其愛妾邊朝華，而復感其不願嫁，聽其父送還；文人多情，學道不成，可一慨也。

望海潮洛陽懷古

梅英疏淡，冰澌溶洩，東風暗换年華。金谷俊游，銅駝巷陌，新晴細履平沙。長記誤隨車。正絮翻蝶舞，芳思交加。柳下桃蹊，亂分春色到人家。西園夜飲鳴笳。有華燈礙月，飛蓋妨花。蘭苑未空，行人漸老，重來事事堪嗟。煙暝酒旗斜。但倚樓極目，時見棲鴉。無奈歸心，暗隨流水到天涯。

【箋評】譚復堂云：「長記誤隨車」句頓宕，「柳下桃蹊」二句旋斷仍連；後半闋若陳隋小賦縮本，填詞家不以唐人爲止境也。

踏莎行郴州旅舍

霧失樓臺，月迷津渡。桃源望斷無尋處。可堪孤館閉春寒，杜鵑聲裏斜陽暮。驛寄梅花，魚傳尺素。砌成此恨無重數。郴江幸自遶郴山，爲誰流下瀟湘去。

【箋評】

此詞下半闋「郴江幸自遶郴山，爲誰流下瀟湘去」二句膾炙人口，坡公書此於扇，嘆曰：「少游已矣！雖百身何贖！」激賞至矣！《陔餘叢考》考此云：「秦少游南遷，有妓平生酷愛秦學士詞，至是知其爲少游，請於母願託以終身；少游贈此詞，故有此兩句，意謂時事嚴切，不敢偕往貶所；及少游卒於滕，喪還將上長沙，妓前一夕得諸夢，即逆於途，祭畢，歸而自縊。此其本事也。」愚就詞旨言之，不必實有所贈，大類抒遷謫之感；意謂郴江之水尚可入瀟湘而北流，人不如水，乃獨留南而羈謫，猶韓昌黎「河之水，去悠悠！我不如，水東流」，因汴河而興感也。少游羨郴江之北流，怨己身之南遷，乃呼而告之曰：「郴江！幸憐我而袛遶郴山，何爲北流入瀟湘載他人而北返乎？」有情無理，反臻妙境，雖李太白「剗卻君山好，平鋪湘水流」，亦只得稱明快，不足婉約也。

無名氏《峴傭説詩》云：「沅湘日夜東流去，不爲愁人住少時。」怨沅湘怨得妙，可悟含蓄哀法！亦可爲此詞參考。

鷓鴣天

枝上流鶯和淚聞。新啼痕間舊啼痕。一春魚雁無消息，千里關山勞夢魂。　無一語，對芳尊。安排腸斷到黄昏。甫能炙得燈兒了，雨打梨花深閉門。

【箋評】

此詞形容愁怨之意最工，「和淚」字面出唐梅妃詩：「殘妝和淚污紅綃。」「啼痕」出元稹詩：「一行書寄數行啼。」李端詩：「淚痕不共君恩斷，拭卻千行更萬行。」「夢魂」出李白詩：「或有夢來時！」張泌詩：「一場春夢不分明！」杜甫詩：「剪紙招我魂。」「魂來楓林青，魂返關塞黑。」「腸斷」出宋子侯《董嬌嬈》：「此曲愁人腸！」陶潛詩：「憶此斷人腸。」又張説詩：「江路斷腸猿。」孟浩然詩：「天涯一望斷人腸。」詞人常用此等字面以狀其敏鋭之靈感，悵惘之情懷，實非無病之呻吟，無聊之結習；而或者以爲此爲婦人之行徑，軟性之麻醉；因而嚴性正氣爲之評責曰：詞人者，於天下國家事全不負責，不創造，不進取，頹廢於酒色；於太平時，極盡享樂之能事；於危亂時，鼓鑄亡國之哀思者也。其評初看甚當，繼爲審之，實乃大謬！於此請爲一簡單之反駁曰：古今所謂偉人者，握政權，筦兵符，其負責之成績云何？創造之精神進取之氣概又果何若？而實際享用極奢侈極驕淫，但不形之於詩詞而已！國事大壞，亡國之形已具，厲階生於少數人之手，人民痛苦萬狀，而復禁其呻吟，止其呀咻，豈以爲天下自我得之自我失之而無恨乎？ 且歷史見告：齊景公流涕受命於吳，出媵其女；蘇秦、張儀鼓其如簧之舌，諸侯請奉社稷以從；唐肅代之間，乞援花門夷；石敬瑭尊契丹爲父，自稱兒皇帝，遣使問契丹安；人賦詩悲之云：「坐上一杯天子泣！ 門前雙柳國人嗟！」遂拱手而孝敬燕雲十六州；宋太祖開國號藝祖，以斧斫圖，不問燕雲；宋高宗不圖恢復，信佞殺忠，偏安自甘。凡此諸偉人者，其進取負責之志何在？ 毋亦如妾婦嚶嚶啜泣暫冀苟安而已乎？ 今詞人有愁怨之辭，無洪涊之態；而偉人無愁怨之辭，有洪涊之態；則嚴氣正性者獨以之責詞人可乎？ 且詞人於世，不望施報，不圖條件下之權利，忠愛纏綿，冀以熱淚紅血灌溉自由之花，幸福之苗！ 世人如均頑石槁株則已耳！ 如非頑石槁株而具有靈感者，則將爲之訢訢焉，爲之戚戚焉，以接受之不暇，奚忍嚴責之哉？ 印度聖雄甘地，爲印度民族抗英，屢爲絶食之舉；夫絶食者，婦人怨忿之行徑也！ 而人未有以婦人待甘地者，甘地爲民衆而絶食，已無所希覬也！ 故印度獨立成功，而甘地不爲總領袖，終爲世界偉人；詞人之精神，與甘地同倫合科者也；人將敬之耶？ 抑將棄之耶？ 是在非頑石槁株而具靈感者！

如夢令

鶯觜啄花紅溜。燕尾點波緑皺。指冷玉笙寒，吹徹小梅春透。依舊。依舊。人與緑楊俱瘦。

【箋評】 「豔色天下重，西施甯久微？」此詞明豔動人，有目者所共覩也。

浣溪沙

漠漠輕寒上小樓。曉陰無賴似窮秋。澹煙流水畫屏幽。　自在飛花輕似夢，無邊絲雨細如愁。寶簾閒挂小銀鉤。

【箋評】 此詞情中有景，景中有情；輕寒，曉陰，窮秋，飛花，澹煙，屬之天事者也；小樓，畫屏，寶簾，銀鉤，屬之人爲者也；觀其配製極自然，色調極勻和，此秦淮海可繼軌李後主者；然李後主落筆較重，涉感沈著，則當曰「瓊窗坐斷雙蛾皺」，「緑窗冷静芳音斷」矣！

江城子

西城楊柳弄春柔。動離憂，淚難收。猶記多情，曾爲繫歸舟。碧野朱橋當日事，人不見，水空流。　韶華不爲少年留。恨悠悠。幾時休。飛絮落花時候一登樓。便做春江都是淚，流不盡，許多愁。

【箋評】

此詞情致纏綿，聲調流美，每一誦之，不能自已！　昔年曾用淮海韻和此調憶廣州舊遊云：「海南漲霧暖紅樓。彩燈稠。素馨幽。綺席珍鮭，狂擲錦纏頭。吐豔斑枝高十丈，攜俊侶，少年遊。　天涯誰復見温柔。憶風流。不能休。雨打綠篷，消受眼波秋。贈我絞綃都是淚，裁不得，剪還愁。」一時效顰，不能有似萬一也。

減字木蘭花

天涯舊恨。獨自淒涼人不問。欲見回腸。斷盡金爐小篆香。　黛蛾長斂。任是東風吹不轉。困倚危樓。過盡飛鴻字字愁。

阮郎歸

湘天風雨破寒初。深沈庭院虛。麗譙吹徹小單于。迢迢清夜徂。　鄉夢斷，旅魂孤。崢嶸歲又除。衡陽猶有雁傳書。郴陽和雁無。

【箋評】釋子有云：「去年貧未是貧，無卓錐；今年貧真是貧，錐也無！」「衡陽猶有雁傳書，郴陽和雁無。」可與相視而笑。

滿庭芳

曉色雲開，春隨人意，驟雨纔過還晴。古臺芳榭，飛燕蹴紅英。舞困榆錢自落，秋千外綠水橋平。東風裏，朱門映柳，低按小秦箏。　多情。行樂處，珠鈿翠蓋，玉轡紅纓。漸酒空金榼，花困蓬瀛。豆蔻梢頭舊恨，十年夢屈指堪驚。憑闌久，疏煙淡日，寂寞下蕪城。

【箋評】亦一篇宋齊間縮本《蕪城賦》也。

千秋歲

水邊沙外。城郭春寒退。花影亂，鶯聲碎。飄零疏酒盞，離别寬衣帶。人不見，碧雲暮合空相對。　憶昔西池會。鵷鷺同飛蓋。攜手處，今誰在。日邊清夢斷，鏡裏朱顏改。春去也，飛紅萬點愁如海。

【箋評】

此詞置之後主集中，可以亂真。少游南遷不返，比之重光歸命不歸；李煜思念妃嬪，秦觀亦繾綣青樓，其情境略同！「飄零疎酒盞，離别寬衣帶。人不見，碧雲暮合空相對。」何等悲愴！「日邊清夢斷，鏡裏朱顏改。春去也，飛紅萬點愁如海。」何等沈著！少游此闋成後，蓋距歸道山不遠矣。自來才人敏慧，事未至而先感：李後主「只是朱顏改」，「纔過清明，早覺傷春暮」與此「鏡裏朱顏改」，「春去也，飛紅萬點愁如海」一揆也。清黄仲則盛年不禄，亦嘗用此闋末二語，成詩云：「落紅萬點愁如海，寄語春光快著鞭！」亦才人敏慧，事未至而先感者也。悲夫！

一叢花

年來今夜見師師。雙頰酒痕滋。疎簾半卷微燈外，露華上煙裊涼颸。簪髻亂拋，偎人不起，彈淚唱新詞。佳期誰料久參差。愁緒暗縈絲。相應妙舞清歌夜，又還對秋色嗟咨。唯有畫樓，當時皓月，兩處照相思。

【箋評】少游南遷之後，放情聲色，《高齋詩話》載營妓婁東玉；《古今詞話》載貴官寵姬碧桃，劉太尉家箜篌妓，陶心兒等，皆與之暱；《陔餘叢考》更載少游死後一妓自縊殉情事，雖多附會之談，然古人於此亦不深諱也。此闋李師師不必宋徽宗所幸名妓也；「彈淚唱新詞」，唱少游所作詞也。

好事近 夢中作

春路雨添花，花動一山春色。行到小溪深處，有黃鸝千百。 飛雲當面化龍蛇。天矯轉空碧。醉卧古藤陰下，了不知南北。

晏幾道 十四首

臨江仙

夢後樓臺高鎖，酒醒簾幕低垂。去年春恨卻來時。落花人獨立，微雨燕雙飛。

記得小蘋初見，兩重心字羅衣。琵琶絃上説相思。當時明月在，曾照彩雲歸。

【箋評】

陳亦峯云：小山詞如「去年春恨卻來時，落花人獨立，微雨燕雙飛。」又「當時明月在，曾照綵雲歸！」既閒婉，又沈著，當時更無敵手；自有豔詞，更不得不讓伊獨步，視永叔之「笑問雙鴛鴦字怎生書」，「倚闌無語更兜鞵」等句，雅俗判然矣！

夫詞號豔科，温飛卿之作，富豔也；韋端己之作，清豔也；李後主之作，哀豔也；馮正中之作，悽豔也；晏同叔之作，俊豔也；歐陽永叔之作，深豔也；秦少游之作，明豔也；及至晏小山，醞釀深厚，上接温韋後主，下開美成梅溪，而豔詞遂集大成；吾欲以一字形容其豔，竟不可得，不得已其以爲「酣豔」可乎？蓋豔至於酣，則爐火純青，香醪味釅；俗處皆雅，淺處皆深；爲悲爲恨，均不失度！誠豔詞之極則也！原夫「豔」之一字，以聲音之理釋之，即「引」之一字是也。引有二義，援引古義以通今意，忠愛纏綿不能暫止；此《離騷》所謂「女嬃之嬋媛兮」，此一義也；奇辭麗句，瓌瑰不恒，驚才絶豔，見之令人牽引不已；此《九歌》所謂「滿堂兮美人，忽獨與余兮目成」，此二義也。一切文學，皆以豔爲要素，《離騷》爲「浮夸豔逸」之宗，《招魂》《九辨》，《文心雕龍》亦稱其「耀豔深華」，與詞之爲豔科正同。豔既與引爲雙聲，義可相通，而令詞復有令引之目；令，美也；引，豔也；則又《左傳》「美而豔」以形容婦人之例也；小詞之所以不離貌寫婦人者，其以是歟？

晏氏父子，皆以名句爲開場白；「無可奈何花落去，似曾相識燕歸來！」元獻句也；「落花人獨立，微雨燕雙飛。」小山句也；其妙在非七律五律中之一聯，而爲北宋風格之令詞。

小蘋殆指一女子，《小山詞》集自跋：時與沈廉叔陳君能過從，每作五七字語，授兩家歌兒蓮鴻、蘋雲輩，使品清謳娱客，相與持酒聽之，爲一笑樂！《小山詞》又有「小蓮未解論心素」句，則小蓮者，蓮鴻也；小蘋者，蘋雲也。

《驂鸞録》云：番禺人作心字香，用素馨末利半開者，著浄器中；薄劈沈香，層層相間對，日一易，不待花萎，花過香成。蔣捷詞：「銀字笙調，心字香燒。」晏小山詞：「記得小蘋初見，兩重心字羅衣。」謂薰香其衣袂間也。

李賀詩：「彎頭見小憐，請上琵琶絃。」白居易《琵琶行》：「説盡心中無限事。」

唐人丁仙芝《餘杭醉歌》：「酒後留君待明月，還將明月送君歸。」

賀方回《更漏子》：「恨不如今夜，明月多情，應待歸雲！」即「當時明月在，曾照彩雲歸」意也；晏、賀同時，不知詞句孰先得？祖平謹案：此詞發端句經梁任公評以華嚴境界後，人反虚揣爲悟道之作，轉見轇轕，實則夢中樓臺，從不扃鎖，夢後則阿閣三重，交疏結綺者，絶不容一闖矣：「酒醒簾垂」，亦猶是也，「去年春恨」爲换頭「小蘋初見」之回憶，殆明明寫與一女子之關涉始末，詞有不須深解者如是。

蝶戀花

卷絮風頭寒欲盡。墜粉飄紅，日日香成陣。新酒又添殘酒困。今春不減前春恨。　蝶去鶯飛無處問。隔水高樓，望斷雙魚信。惱亂層波横一寸。斜陽只與黄昏近。

【箋評】詞旨殊怨，「斜陽只與黄昏近」與「未須愁日暮，天際乍輕陰」者異矣！辛稼軒《摸魚兒》詞：「休去倚危闌，斜陽正在，煙柳斷腸處！」壽皇讀之不悦，小山所處之世，亂象未成，故人不覺耳！

又

醉别西樓醒不記。春夢秋雲，聚散真容易。斜月半窗還少睡。畫屏閒展吴山翠。　衣上酒痕詩裏字。點點行行，總是淒涼意。紅燭自憐無好計。夜寒空替人垂淚。

【箋評】「蓼蟲避葵堇，習苦不言非。」「蠟燭有心還惜别，替人垂淚到天明。」文學中可使事物硬受差排；「紅燭自憐無好計，夜寒空替人垂淚！」則差排之中，又有文織矣。

鷓鴣天

彩袖殷勤捧玉鍾。當年拚卻醉顔紅。舞低楊柳樓心月，歌盡桃花扇底風。　從别後，憶相逢。幾回魂夢與君同。今宵剩把銀釭照，猶恐相逢是夢中。

【箋評】樂府有大垂手、小垂手，以喻楊柳枝葉低亸如人之手垂也。古者女子扇皆尚圓，何遜詩：「秋月如團扇。」王建詞所謂「團扇！　團扇！　美人並來遮面。」故團扇又名便面；女子歌時，羞人窺視，故以扇自障；小山所謂桃花扇，則團扇畫有桃花者耳！「舞低楊柳樓心月」，則月斜矣！「歌盡桃花扇底風」，則夜深矣！　詞心細膩之極。

老杜《羌邨》詩：「夜闌更秉燭，相對如夢寐。」詩人多窮，詞人多華膴；蠟燭易爲銀釭，老杜必不能辨到。且「更」字下得急促，「剩」字下得悠緩，此亦詩詞内心之不同也。

又

小令尊前見玉簫。銀燈一曲太妖嬈。歌中醉倒誰能恨，唱罷歸來酒未消。春悄悄，夜迢迢。碧雲天共楚宫遥。夢魂慣得無拘檢。又踏楊花過謝橋。

【箋評】程叔微云：伊川聞誦叔原詞，「夢魂慣得無拘檢，又踏楊花過謝橋！」乃笑曰：「鬼語也！」意頗賞之。

又

醉拍春衫惜舊香。天將離恨惱疏狂。年年陌上生秋草，日日樓中到夕陽。雲渺渺，水茫茫。征人歸路許多長。相思本是無憑語，莫向花箋費淚行。

【箋評】馮延巳「玉箏和淚彈」，「和淚試嚴妝」，兩「和淚」語悽惋；晏小山「莫向花箋費淚行」，「到處登臨曾費淚」，兩「費淚」語沈著。

生查子

金鞍美少年，去躍青驄馬。牽繫玉樓人，繡被春寒夜。　消息未歸來，寒食梨花謝。無處説相思，背面秋千下。

【箋評】周昉善畫，有《背面美人圖》，「無處説相思，背面秋千下！」一幅絶妙背面美人圖也。

南鄉子

何處別時難。玉指偷將粉淚彈。記得來時樓上燭，初殘。待得清霜滿畫闌。　不慣獨眠寒。自解羅衣襯枕檀。百媚也應愁不睡，更闌。惱亂心情半被閒。

【箋評】《後漢書》：姜肱兄弟友于，嘗製大被共眠，半被則非共眠之被矣！又劉歆《西京雜記》：趙飛燕爲皇后，女弟昭儀上襚三十五條，有鴛鴦被，被以條記，則半被或被之一半歟？

玉樓春

當年信道情無價。桃葉尊前論別夜。臉紅心緒學梅妝，眉翠工夫如月畫。來時醉倒旗亭下。知是阿誰扶上馬。憶曾挑盡五更燈，不記臨分多少話。

【箋評】近人梁卓如效之：「醉別妝樓醒不記，馬頭猶作香奩語！」醉別之時，臨分之話尚不省憶，豈能作香奩語耶？

浣溪沙

家近旗亭酒易酤。花時長得醉工夫。伴人歌扇懶妝梳。户外緑楊春繫馬，牀頭紅燭夜呼盧。相逢猶解有情無。

【箋評】楊鐵崖《續奩・走馬詩》云：「半兜玉鐙裹湘裙，不許春泥污羅襪。」此可推想女子有馳馬之戲也。李元膺《十憶詩》憶博云：「嬌羞每被諸郎覺，袖映春葱出注遲！」此可推想女子有呼盧之戲也。

又

日日雙眉鬬畫長。行雲飛絮共輕狂。不將心嫁冶遊郎。　濺酒滴殘歌扇字，弄花熏得舞衣香。一春彈淚説凄涼。

【箋評】「濺酒滴殘歌扇字，弄花熏得舞衣香」，酣豔極矣！晏小山席豐履厚，徵歌選色，究有何感而至於彈淚説凄涼？則深心人别有懷抱，敏慧者自有清愁，決非局外人所可知也。

點絳脣

花信來時，恨無人似花依舊。又成春瘦。折斷門前柳。　天與多情，不與長相守。分飛後。淚痕和酒，占了雙羅袖。

【箋評】忠愛纏綿，《騷》《辨》之旨。屈原疏放之後，九年不復，《思美人》《哀郢》諸作，無非冀君之一悟、俗之一改，寫相思之鬱陶而已！此種以血淚所書文字，行吟江潭，猶言「淚痕和酒，占了雙羅袖」也。此處所謂之酒，指舊酒痕，淚痕則新浼於羅袖者，必如此解，詞心乃曲。高爽《詠鏡詩》：「言照是相守，照長相思。」

虞美人

曲闌干外天如水。昨夜還曾倚。初將明月比佳期。長向月圓時候望人歸。

羅衣著破前香在。舊意誰教改，一春離恨懶調絃。猶有兩行閒淚，寶箏前。

【箋評】

文學描寫人物，不可不首重品格；白香山寫潯陽江頭商婦，月夜抱琵琶上人船，輕攏慢撚；又憫然敍少年事，嚶嚶不覺啜泣；而其夫前月始赴浮梁買茶去也！以此失檢婦人，不知禮防，與此一春離恨懶調絃之貞婦相較，則去若天淵矣！小山豔詞，大有品格，誠狹邪之大雅，風騷之鼓吹矣。小山此闋佳處亦是沿承唐人句：「愁來欲奏相思曲，抱得琵琶不忍彈！」脱化而來。

阮郎歸

天邊金掌露成霜。雲隨雁字長。綠杯紅袖趁重陽。人情似故鄉。　蘭佩紫，菊簹黄。殷勤理舊狂。欲將沈醉换悲涼。清歌莫斷腸。

【箋評】況蘷笙云：「緑杯」二句，意已厚矣！「殷勤理舊狂」五字三意，狂者所謂一肚皮不合時宜，發見於外者也，狂已舊矣！而理之，而殷勤理之，其狂若有甚不得已者！「欲將沈醉换悲涼」是上句注脚，「清歌莫斷腸」仍含不盡之意，此詞沈著厚重，得此結句，便覺竟體空靈。

賀　鑄　廿四首

太平時

秋盡江南葉未凋。晚雲高。青山隱隱水迢迢。接亭皋。　二十四橋明月夜，弭蘭撓。玉人何處教吹簫。可憐宵。

【箋評】方回之詞熟而雅，梅溪之詞熟而俗，自來論詞者皆未道及。予客渝州時，日以東山寓聲樂府自娱，讀惟恐速，深覺其作穠麗娟秀，擷之不盡；跌宕縱恣，横無際涯！　王半塘評以「醇肆」二字，洵爲切當！蓋方回改詩入詞，融詩入詞，胸中貯有數百家唐人詩，自謂驅役李昌谷、李義山、杜牧之於筆端，常令其奔走不暇，雖豪語，亦雋語也！此闋恐爲方回創調，隱括杜牧絶句而成，僅以杜絶第二句裝作第一句，又於每句下增益三字而成篇耳！詞號詩餘，於此大可審其演變之跡，《詞品序》云：「詩詞同工而異曲，共源而分派；在六朝若陶弘景之《寒夜怨》，梁武帝之《江南弄》，陸瓊之《飲酒樂》，隋煬帝之《望江南》，填詞之體已具矣！若唐人之七言律，即填詞之《瑞鷓鴣》也，七言律之仄韻，即填詞之《玉樓春》也；若韋應物之《三臺曲》、《調笑令》，劉禹錫之《竹枝詞》、《浪淘沙》，新聲迭出，孟蜀之《花間》，南唐之《蘭畹》，則其體大備矣！豈非共源同工乎？」(下略)編者案：楊用修之言是也！然於詩之演變爲詞，尚覺有舉例未盡者，如《生查子》，大似玉臺體中之古絶句；《謫仙怨》大似六言詩；《浣溪沙》大似六句七言律詩；《木蘭花》大似仄韻七言律；《卜算子》《菩薩蠻》大似五七雜言詩；《三字令》大似漢樂府三言詩；《定風波》去四短柱韻，即兩首七言絶句。

鷓鴣天

賀鑄

重過閶門萬事非。同來何事不同歸。梧桐半死清霜後，頭白鴛鴦失伴飛。原上草，露初晞。舊棲新壟兩依依。空牀卧聽南窗雨，誰復挑燈夜補衣。

【箋評】末二句情景宛然，讀之增人伉儷之重。

武陵春

南國佳人推阿秀，歌醉歲相逢。雲想衣裳花想容，春未抵情濃。　津亭回首青樓遠，簾箔更重重。今夜扁舟淚不供。猶聽隔江鐘。

【箋評】點化舊句入詞，確具洪鑪點雪之才，尤有壁壘一新之致；末二句沈著悲涼之至！

定風波

牆上天桃簌簌紅。巧隨輕絮入簾櫳。自是芳心貪結子，翻使，惜花人恨五更風。　露萼鮮濃妝臉靚。相映。隔年情事此門中。粉面不知何處在。無奈。武陵流水捲春空。

踏莎行

急雨收春，斜風約水。浮江漲緑魚紋起。年年遊子惜餘春，春歸不解招遊子。

留恨城隅，關情紙尾。闌干長對西曛倚。鴛鴦俱是白頭時，江南渭北三千里。

【箋評】

筆致天矯，「春歸不解招遊子」，從劉隨州「春歸在客先」句得來。

又

楊柳迴塘，鴛鴦別浦。緑萍漲斷蓮舟路。斷無蜂蝶慕幽香，紅衣脱盡芳心苦。

返照迎潮，行雲帶雨。依依似與騷人語。當年不肯嫁春風，無端卻被秋風誤。

【箋評】

李義山詩：「年年芳意盡，來別敗蘭蓀！」讀之大有美人遲暮之感！方回「當年不肯嫁春風，無端卻被秋風誤！」殆喻貞士不肯與君子爲黨，後復爲小人所排擠；其意苦，其辭怨矣！《開元天寶遺事》云：都中名姬楚蓮香者，國色無雙，時貴門子弟争相詣之；蓮香每出處之間，則蜂蝶相隨，蓋慕其香也。

小梅花

縛虎手。懸河口。車如雞栖馬如狗。白綸巾。撲黄塵。不知我輩可是蓬蒿人。衰蘭送客咸陽道。天若有情天亦老。作雷顛。不論錢。誰問旂亭美酒斗十千。酌大斗。更爲壽。青鬢常青古無有。笑嫣然。無翩然。當壚秦女十五語如絃。遺音能記秋風曲。事去千年猶恨促。攬流光。繫扶桑。争奈愁來一日卻爲長。

【箋評】

驅役古辭，入我筆端，持鐵如意，碎萬琅玕，方回此作，有睨視青天、旁若無人之概。友人唐圭璋嘗問愚「作雷顛，不論錢」作何解，愚答陳後山謂：「東坡以詩爲詞，如教坊雷大使之舞，雖極天下之工，要非本色！」唐人詩：「鮑老登場笑郭郎，笑他舞袖太郎當！」郎當謂顛狂，然則雷顛其謂雷大使乎？ 圭璋以爲然，異日且告我雷大使名中慶也。

此詞用唐人成句，或改竄，或塗抹，有七縱八横、頭頭是道之致；如「車如雞栖馬如狗」，見

《後漢書·陳蕃傳》;「我輩豈是蓬蒿人」,「衰蘭送客咸陽道」,「天若有情天亦老」,「旂亭美酒斗十千」,「當壚十五語如絃」,「事去千年猶恨速,愁來一日即爲長」,皆唐詩也。

昔年喜方回此調意態横逸,音節票姚,曾次韻依和一闋,附録于此,以發知音一笑:「射虎手,雕龍口,東門纍纍喪家狗。岸頭巾,走風塵,不知鄧禹笑我爲何人。循環更迭成何道,春要花開春亦老。賣癡顛,不值錢,文字饑來可煑者幾千。　酹北斗,趙顔壽,受命於天莫須有。意幡然,興翛然,割烹伊尹甯肯直如絃。高樓西北杞梁曲,淚洗紅妝悲别促。恨韶光,念愴桑,方叔平生難解用其長。」

訴衷情

吴門春水雪初融。觸處小橈通。滿城弄黄楊柳,著意惱春風。　絃管鬧,綺羅叢。月明中。不堪回首,雙板橋東。罷畫樓空。

【箋評】

《西都賦》云:「户閉煙浦,家藏畫舟。」方回所謂「吴門春水雪初融,觸處小橈通」者,予居吴門時,實見此景;山塘打槳,虎丘踞石,鄧尉觀梅,館娃弔豔,皆十年前僑吴韻事也!　今則遠徙西陲,夢想三吴,誦方回「滿城弄黄楊柳,著意惱春風」之句,不勝悵然若失矣!

青玉案

淩波不過橫塘路。但目送，芳塵去。錦瑟華年誰與度。月橋花榭，瑣窗朱户。只有春知處。　碧雲冉冉蘅皋暮。綵筆新題斷腸句。試問閒愁都幾許。一川煙草，滿城風絮。梅子黄時雨。

【箋評】「試問閒愁都幾許？一川煙草，滿城風絮，梅子黄時雨。」一問三答，語碎而妙！

薄倖 憶故人

澹妝多態。更滴滴頻回盼睞。便認得琴心先許，欲綰合歡雙帶。記華堂風月逢迎，輕顰淺笑嬌無奈。待翡翠屏開，夫容帳掩，羞把香羅暗解。　自過了燒燈夜，都不見踏青挑菜。幾回憑雙燕，丁寧深意，往來翻恨重簾礙。知何時再。正春濃酒困，人閒晝永無聊賴。厭厭睡起，猶有花梢日在。

【箋評】鋪敍穠麗，轉折夷猶，比之耆卿媟冶俗艷者，高一等矣！

漢明帝令燒燈，表佛法大明也，見《僧史略》。李商隱詩：「二月二日江上行。」馮注：二月二日，蜀人謂之踏青節。杜荀鶴詩：「時挑野菜和羹煑。」

鷓鴣詞

月痕依約到西厢。曾羨花枝拂短牆。初未識愁那得淚，每渾疑夢奈餘香。　歌逢嫋處眉先嫵，酒半酣時眼更狂。閒倚繡簾吹柳絮，問人何似冶遊郎。

【箋評】

楊愼所謂唐人之七言律，即填詞之《瑞鷓鴣》，當係指此調，用修一時誤記，以「鷓鴣詞」當「瑞鷓鴣」耳！《瑞鷓鴣》，柳屯田《樂章集》有一闋云：「吹破殘煙入夜風。一軒明月上簾櫳。因驚路遠人還遠，縱得心同寢未同。　情脈脈，意忡忡。碧雲歸去認無蹤。只應曾向前生裏，愛把鴛鴦兩處籠。」按即《鷓鴣天》也。

臨江仙 立春

巧翦合歡羅勝子，釵頭春意翩翩。豔歌淺笑拜嫣然。願郎宜此酒，行樂駐華年。

未老文園多病客，幽襟淒斷堪憐。舊遊夢挂碧雲邊。人歸落雁後，思發在花前。

【箋評】

《識小録》：「人日剪綵爲人，鏤金箔屏風上，亦戴之頭上；晉賈充夫人《典戒》曰：『人日造華勝相遺，像瑞圖全勝之形，又像西王母戴勝也。』李商隱詩：『鏤金作勝傳荆俗，剪綵爲人起晉風。』」

《事物紀原》引《荆楚歲時記》曰：「立春日悉剪綵爲燕以戴之，貼宜春字。」

《隋唐嘉話》：薛道衡聘陳，爲《人日詩》云：「人歸落雁後，思發在花前。」南人聞之喜曰：「名下固無虚士！」

浣溪沙

樓閣紅銷一縷霞。淡黄楊柳暗棲鴉。玉人和月折梅花。　笑撚粉香歸繡户，半垂羅障護窗紗。東風寒似夜來些。

【箋評】

楊升庵云：「此詞句句綺麗，字字清新，當時賞之，以爲《花間》、《蘭》畹不及，信然！」

「淡黄楊柳暗棲鴉」七字，神秀無匹！王實甫《西厢》剽取之，只改「暗」字爲「帶」字，而詞句變爲曲子矣。

《夢溪筆談》云：「夔峽湘湖人，凡禁呪句尾皆稱些，如今釋子念娑婆訶三合聲。」愚按此語與此無關，蓋吴郡方音常有「些」音，如好來些，大來些，壞來些；夜來些，猶言夜深沈也。

又春愁

閒抱琵琶舊譜尋。四絃聲怨卻沈吟。燕飛人静畫堂陰。　欹枕有時成雨夢，隔簾無處説春心。一從燈夜到而今。

又春事

鸎鵡無言理翠襟。杏花零落畫陰陰。畫橋流水一篙深。　芳徑與誰同鬭草，繡牀終日罷拈鍼。小箋香管寫春心。

南歌子 別恨

斗酒才供淚，扁舟只載愁。畫橋青柳小朱樓。猶記出城車馬，爲遲留。　有恨花空委，無情水自流。河陽新鬢儘禁秋。蕭散楚雲巫雨，此生休。

【箋評】 精緻中有悲壯，所以絶人。

鷓鴣天

悁悵離亭斷綵襟。碧雲明月兩關心。幾行書尾情何限，一尺裙腰瘦不禁。遥夜半，曲房深。有時昵語話如今。侵窗冷雨燈生暈，淚溼羅箋楚調吟。

【箋評】 「蜀魄不來春寂寞，楚魂吟夜月朦朧」，此詞「侵窗冷雨燈生暈，淚溼羅箋楚調吟」似之！

蝶戀花

小院朱扉開一扇。内樣新妝，鏡裏分明見。眉暈半深脣注淺。朵雲冠子偏宜面。被掩芙蓉薰麝煎。簾影沈沈，只有雙飛燕。心事向人猶靦覥。强來窗下尋紅線。

【箋評】 寫女子借不相干事以掩其羞態如畫，李易安所謂「苦少典重」者也。

小重山

月月相逢衹舊圓。迢迢三十夜，夜如年。傷心不照綺羅筵。孤舟裏，單枕若爲眠。

茂苑想依然。花樓連苑起，壓漪漣。玉人千里共嬋娟。清琴怨，腸斷亦如絃。

【箋評】「夜中不能寐，起坐彈鳴琴；薄帷鑑明月，清風吹我襟。」此詩人之心情也；「玉人千里共嬋娟，清琴怨，腸斷亦如絃！」此詞人之心情也。李義山詩：「青女素娥俱耐冷，月中霜裏鬭嬋娟！」此「嬋娟」二字所出；謝莊《月賦》：「隔千里兮共明月。」此「千里」二字所本。

鳳棲梧

挑菜踏青都過卻。楊柳風輕，擺動秋千索。啼鳥自驚花自落。有人同在真珠箔。

澹澹衣裳妝得薄。閒抱銀箏，睡鬢慵梳掠。試問爲誰添瘦削。嬌羞只把眉顰著。

【箋評】《莊子》：有張毅者，高門縣薄，無不走也。縣同懸，薄同箔，箔即簾幕也。《談藪》有户下懸簾，明知是箔。禮曰：「天子外屏，諸侯内屏，大夫以簾，士以幃。」

南鄉子

秋半雨涼天。望後清蟾未破圓。二十四橋遊冶地，留連。攜手嬌嬈步步蓮。眉字有餘妍。初破瓜時正妙年。玉局彈棋無限意，纏綿。腸斷吴蠶兩處眠。

【箋評】

《南史》：齊東昏侯爲潘貴妃鑿金爲蓮花以帖地，令妃行其上曰：「此步步生蓮花也。」漢武帝令宫人掃八字眉，唐明皇令畫工畫十眉圖，八字眉，所謂眉字也。宋汝南王《碧玉歌》：「碧玉破瓜時，郎爲情顛倒。」破瓜先對破爲二，繼又各分爲八，先二劃後八劃，所謂二八，二八喻十六歲。

浣溪沙

一色煙雲淡不消。兩峯眉黛爲誰嬌。暮寒猶在木蘭橈。燕子似甘愁寂寞，海棠未肯醉妖嬈。小園嫩約向蕭條。

【箋評】嫩約，女子與人期也，見《花間集》，此謂海棠尚未開。

望湘人

厭鶯聲到枕，花氣動簾，醉魂愁夢相半。被惜餘薰，帶驚賸眼，幾許傷春春晚。淚竹痕鮮，佩蘭香老，湘天濃暖。記小江風月佳時，屢約非煙游伴。須信鸞絃易斷。奈雲和再鼓，曲中人遠。認羅襪無蹤，舊處弄波清淺。青翰棹艤，白蘋洲畔。儘目臨皋飛觀。不解寄一字相思，幸有歸來雙燕。

天香

煙絡橫林，山沈遠照，邐迤黄昏鐘鼓。燭映簾櫳，蛩催機杼。共惹清秋風露。不眠思婦。齊應和幾聲砧杵。驚動天涯倦客，駸駸歲華行暮。當年酒狂自負。謂東君以春相付。流浪征驂北道，客檣南浦。幽恨無人晤語。賴明月曾知舊遊處。好伴雲來，還將夢去。

周邦彦 十九首

瑞龍吟

章臺路。還見褪粉梅梢，試花桃樹。愔愔坊陌人家，定巢燕子，歸來舊處。黯凝竚。因念箇人癡小，乍窺門户。侵晨淺約宫黄，障風映袖，盈盈笑語。前度劉郎重到，訪鄰尋里，同時歌舞。惟有舊家秋娘，聲價如故。吟箋賦筆，猶記燕臺句。知誰伴名園露飲，東城閒步。事與孤鴻去。探春盡是，傷離意緒。官柳堆金縷。歸騎晚，纖纖池塘飛雨。斷腸院落，一簾風絮。

【箋評】花庵云：「此詞前兩段屬正平調，謂之雙拽頭，『前度劉郎』以下即犯大石調，尾十七字再歸正平。」周稚圭論清真云：「宫調精研字字珠，開山妙手詎容誣；後生學語矜南渡，牙慧能知協律無？」近人朱古微謂兩宋詞，當於體格神致間求之，而體格尤重於神致。愚案體格以渾成爲鵠，而渾成以字面不生硬、聲律不齟齬爲先務，美成不用經史字面，隱括唐詩入律，得混融一氣之妙，非同賀方回驅措昔人成句入我筆端，得一長耳；美成妙解聲律，所製諸調，非獨音之平仄宜遵，即仄字中上去入三音亦不容相混，不似秦少游僅於去聲字講趨避也。

此詞對仗處必須對仗：如「褪粉梅梢」，「試花桃樹」，「名園露飲」，「東城閒步」是也。凝竚之「竚」，開户之「户」，訪鄰之「訪」，知誰伴之「伴」，探春盡是之「盡是」，意緒之「緒」，斷腸之「斷」，皆上去通用，絶對不用入聲。周止庵云：「讀得清真詞多，覺他人所作，都不十分經意。」愚亦以倣作清真詞，驚其聲律拘忌陡嚴，雖十分慘淡經營，尚覺全不愜心順手；使能和得清真詞慢詞二三十首，摹清真之下字運意，布局斂氣，得其髣髴，或可免率薄粗野之病乎？但師學宜取長捨短，美成雖長於鋪敘，工於組織，而詞心究不甚深遠！王静安恨其創調之才多，創意之才少，不爲無見！此種文學之得失盈絀，惟有寸心冥會，不能强人同感；愚總以詞至美成，便覺後主、延巳、六一、東坡、淮海、小山之神韻氣焰掃地以盡，下此則駸駸於格制，津津於層次，斤斤於詠物，孜孜於琢句，美成蓋於此結集前人，開演後派，成一大關鍵也！古微爲晚清詞壇祭酒，其論詞先體格而後神致，而體格復以渾成爲歸，愚竊以爲渾成，亦神致之事也！杜詩人推爲雄渾，而嘗自敘其詣曰：「下筆如有神」，「詩興不無神」，「詩應有神助」，豈有渾成而不見神致者乎？

風流子

新緑小池塘。風簾動，碎影舞斜陽。羨金屋去來，舊時巢燕，土花繚繞，前度莓牆。繡閣裏，鳳幃深幾許，聽得理絲簧。欲説又休，慮乖芳信，未歌先噎，愁近清觴。遥知新妝了，開朱户，應自待月西廂。最苦夢魂今宵，不到伊行。問甚時説與，佳音密耗，寄將秦鏡，偷换韓香。天便教人，霎時廝見何妨。

【箋評】

《詞苑叢談》：周美成爲江甯府溧水令，主簿之室，有色而慧；美成每款洽於尊席之間，世所傳風流子，蓋所寓意焉！「新緑」「待月」皆簿廳亭軒之名也。

《妙選草堂詩餘》云：《晉書》：賈午女悦韓壽美，背遊通焉，偷奇香以與壽。樂府云：「盤龍明鏡餉秦嘉，辟惡生香寄韓壽。」美成全用此對。

黄蓼園云：因見舊燕度莓牆而巢於金屋，乃思自身已在鳳幃之外，而聽别人理絲簧，未免悲咽耳！

沈約詩：「夢中不識路，何以慰相思？」徐覺詩云：「忘卻問君船泊處，夜來飛夢繞江城！」

美成不能窺人閨閣，故曰「最苦夢魂今宵，不到伊行」。用情於不可用之地也。

蕭繹詩：「粧成理蟬鬢，笑罷斂蛾眉；」「怨黛舒還斂，啼紅拭復垂！」爲此詞「欲説還休，未歌先噎」刻意寫女子情態轉折之本。

蘭陵王 柳

柳陰直。煙裏絲絲弄碧。隋隄上，曾見幾番，拂水飄緜送行色。登臨望故國。誰識。京華倦客。長亭路，年去歲來，應折柔條過千尺。

閒尋舊蹤跡。又酒趁哀絃，燈照離席。梨花榆火催寒食。愁一箭風快，半篙波暖，回頭迢遞便數驛。望人在天北。

悽惻。恨堆積。漸別浦縈回，津堠岑寂。斜陽冉冉春無極。念月榭攜手，露橋聞笛。沈思前事，似夢裏，淚暗滴。

【箋評】 此調四聲清濁，悉從爲宜。惟「望人在天北」之「在」，「漸別浦縈回」之「漸」，「似夢裏」之「似」上去可通用。「酒趁哀絃，燈照離席」，「一箭風快，半篙波暖」，「別浦縈回，津岑堠寂」，「月榭攜手，露橋聞笛」，皆必須對仗者也。

《貴耳録》云：道君幸李師師家，偶周邦彦先在焉；知道君至，遂匿牀下，道君自攜新橙一顆，云江南初進來，遂與師師謔語，邦彦悉聞之，隱括成《少年遊》云：「并刀如水，吴鹽勝雪，纖指破新橙。錦幄初温，獸香不斷，相對坐調笙。　低聲問，向誰行宿，城上已三更！馬滑霜濃，不如休去，直是少人行。」師師因歌此詞，道君問誰作，師師奏曰：「周邦彦詞。」道君大怒，宣諭蔡京，周邦彦職事廢弛，可日下押出國外。隔一二日，道君復幸李師師家，不見師師，問其家，知送周監税；坐久至更初，李始歸，愁眉淚睫，憔悴可掬；道君大怒云：「爾往那裏去？」李奏曰：「臣妾萬死！知周邦彦得罪押出國外，累致一杯相別，不知官家來。」道君問：「曾有詞否？」李奏云：「有《蘭陵王》詞。」即「柳陰直」者是也！道君云：「唱一偏看。」李奏云：「容臣妾奉一杯，歌此詞爲官家壽！」曲終，道君大喜，復召爲大晟樂正。

《韓非子》引諺曰：「厲憐王，此不恭之言也！」《蘭陵王》詞調雖得名於著假面之高齊蘭陵王長恭，然美成何必不另擇一調演爲慢詞耶？愚竊以美成逢道君之怒，押出國外，不能與師師再聚，忿恨之極，故以「蘭陵」之雙聲詈道君爲「厲憐」耳！厲者癩也，猶言惡瘡也；憐者厭也，可鄙可厭者也！江總之於陳後主，馮延巳、韓熙載之於李後主，不過君臣相謔而已！周邦彦之於宋徽宗，乃至相詬罵，蕩子豈可與事君乎哉？

陳亦峯云：美成詞極其感慨，而無處不鬱，令人不能遽窺其旨。如《蘭陵王》云：「登臨望故國，誰識，京華倦客。」三語是一篇之主，上有「隋隄上，曾見幾番，拂水飄緜送行色」之句，暗伏倦客之根，是其法密處，故下文接云「長亭路，年去歲來，應折柔條過千尺！」久客淹留之感，和盤托出，他手至此以下便直抒憤懣矣！美成則不然。「閒尋舊蹤跡」，二疊，無一語不吞吐，只就眼前景物約略點綴，更不寫淹留之故，卻無處非淹留之苦，直至收筆云：「沈思前事，似夢裏，淚暗滴。」遥遥挽合，妙在纔欲説破，便自咽住，其味正自無窮。

瑣窗寒

暗柳啼鴉，單衣竚立，小簾朱户。桐花半畝，静鎖一庭愁雨。灑空階夜闌未休，故人翦燭西窗語。似楚江暝宿，風燈零亂，少年羈旅。遲暮。嬉遊處。正店舍無煙，禁城百五。旗亭喚酒，付與高陽儔侣。想東園桃李自春，小唇秀靨今在否。到歸時，定有殘英，待客攜樽俎。

【箋評】

《花間集》：「一庭細雨濕春愁。」美成「静鎖一庭愁雨」所本也。

白樂天《浦中夜泊》云：「偶上江隄還獨立，水風霜氣夜棱棱；回看深浦停舟處，蘆荻花中一點燈！」似爲美成「楚江瞑宿，風燈零亂」所本。《荆楚歲時記》：冬至後一百四日、一百五日、一百六日斷火，謂之寒食。《事物紀原》：有虞氏飲始有尊，以蛻俎，俎斷木爲四足而已。

李于麟云：上描旅思最無聊，下描酒興最無聊，又云寒窗獨坐，對此禁煙時光，呼盧浮白，甯多遜高陽生哉？

杜詩：「風起春燈亂，江鳴夜雨懸。」

六 醜 薔薇謝後作

正單衣試酒，悵客裏光陰虛擲。願春暫留，春歸如過翼。一去無跡。爲問家何在，夜來風雨，葬楚宫傾國。釵鈿墮處遺香澤。亂點桃蹊，輕翻柳陌。多情爲誰追惜。但蜂媒蝶使，時叩窗隔。東園岑寂。漸蒙籠暗碧。静繞珍叢底，成嘆息。長條故惹行客。似牽衣待話，别情無極。殘英小，强簪巾幘。終不似，一朵釵頭顫裊，向人欹側。漂流處莫趁潮汐。恐斷紅尚有相思字，何由見得。

【箋評】 此詞去聲字最多，如「在、墮、但、漸、静、暗、似、待、話、斷」，必以去聲填之爲佳。又此詞嚴格論之，亦須拘清濁，乃更嘹亮；如「蜂媒蝶使」，濁清濁清，「時叩窗隔」，清濁清濁是也。

韓偓《哭花詩》云：「若使有情能不恨，夜來風雨葬西施！」此詞「夜來風雨，葬楚宮傾國」本此。

《實録》曰：「燧人始爲髻，女媧之女以荆杖及竹爲笄以貫髮，至堯以銅爲之，且横貫爲；舜雜以象牙玳瑁，此釵之始也。」美成此處以釵喻薔薇之刺。

鈿即花鈿也，《酉陽雜俎》曰：「今婦人面飾用花子，起自唐上官昭容所製，以掩點跡也。」和凝詞：「醉來咬損新花子，拽住仙郎盡放嬌。」花子可以咬，或以通草薄絹剪成花樣者歟？俞國寶詞云：「明日更扶殘醉，來尋陌上花鈿！」鈿皆謂女子面飾也。美成此處以鈿喻薔薇之殘瓣也。

李後主詩：「多謝長條似相識，强垂煙穗拂人頭！」牽衣待話，則亦以薔薇梢有刺也。

《談藪》云：唐小説記紅葉事凡四，其二《雲溪友議》：盧渥舍人應舉之歲，偶臨御溝見紅葉，上有詩云：「流水何太急？深宮竟日閒，殷勤謝紅葉，好去到人間。」本朝詞人罕用此事，惟周清真樂府兩用之，《六醜》詠落花云：「飄流處，莫趁潮汐，思斷紅尚有相思字，何由見得？」脱胎换骨之妙極矣！

滿庭芳 夏日溧水無想山作

風老鶯雛，雨肥梅子，午陰嘉樹清圓。地卑山近，衣潤費爐煙。人静烏鳶自樂，小橋外新緑濺濺。憑闌久，黄蘆苦竹，疑泛九江船。　年年。如社燕，飄零瀚海，來寄修椽。且莫思身外，長近尊前。憔悴江南倦客，不堪聽急管繁絃。歌筵畔，先安簟枕，容我醉時眠。

【箋評】美成之詞，少疏俊而多密緻，此闋則語近情遥，結想甚遠！如由小橋緑濺，想及九江，嘉樹清圓，想及黄蘆苦竹，由近説到遠；瀚海之燕，來寄修椽，「莫思身外無窮事，且盡生前有限杯」，由遠到近。揮斥開闔，極盡其妙，蓋神思之作也。

花 犯

粉牆低，梅花照眼，依然舊風味。露痕輕綴。疑净洗鉛華，無限佳麗。去年勝賞曾今年對花最匆匆，相逢似有恨，依依愁悴。吟望久，青苔上，旋看飛墜。相將見，翠丸薦酒，人正在，空江煙雨裏。但夢想，一枝瀟灑，黄昏斜照水。

【箋評】

方成培《詞麈》曰：又有所謂犯調者，或採本宫諸曲合成新調，而聲不相犯，則不名曰犯，如曹勛八音諧之類是也。或採各宫之曲，令成一調，而宫商相犯，則名之曰犯；如姜夔淒涼犯，仇遠八犯玉交枝之類是也。

杜詩涉梅者，皆放筆直書，自抒獨感，如「江頭一樹垂垂發，朝夕催人自白頭」、「東閣官梅動詩興，還如何遜在揚州」等是也。此詞發端「粉牆低，梅花照眼，依然舊風味！」換頭云：「今年對花最匆匆，相逢似有恨，依依愁悴！」筆力高健，最是大家風度，若草窗、玉田，便墮入詠物結習矣！「相將見，翠丸薦酒，人正在，空江煙雨裏。」表面若用事，實則毫未用事；梅子青如翠丸，江南梅雨如煙時也。唐人句云：「竹影横斜水清淺，桂香浮動月黄昏。」林和靖爲各易一字云：「疏影横斜水清淺，暗香浮動月黄昏。」而梅之神魂乃見矣！「但夢想，一枝瀟灑，黄昏斜照水。」梅之姿態，呼之亦欲出焉，儻所謂無限佳麗者歟！

解語花上元

風銷燄蠟，露浥烘爐，花市光相射。桂華流瓦。纖雲散，耿耿素娥欲下。衣裳淡雅。看楚女，纖腰一把。簫鼓喧，人影參差，滿路飄香麝。因念帝城放夜。望千門如畫，嬉笑游冶。鈿車羅帕。相逢處，自有暗塵隨馬。年光是也。惟只有舊情衰謝。清漏移，飛蓋歸來，任舞休歌罷。

【箋評】

此詞去聲須拘，燄、露、市、桂、素、淡、路、念、放、望、畫、笑、暗、是、見、蓋，凡十六字。有去上處如「淡雅」，上去處如「滿路」、「有暗」，皆有恪遵，否則即非周清真之《解語花》也。

放夜與放燈有别，放夜者：唐睿宗先天二年正月望，初弛門禁。玄宗天寶六年正月十八日，詔重門夜開，以達陽氣。朱梁開平中，詔開坊門三夜，《宋會典》曰：「乾德五年詔，朝廷無事，區宇咸寧，况年穀豐登，宜士民之縱樂，上元可更增十七十八兩夜，後著爲令。」放燈者：《史記·樂書》曰：「漢帝以正月上辛祀太一甘泉，以昏時祀到明，徐望謂今人正月望夜遊觀燈，是其遺事。」漢明帝令燒燈，表佛法大明也。一云因漢武祭五時，通夜設燎，取周禮司爟燈燒燎照祭祀，而東漢以爲佛事也。

蘇味道《元夜詩》：「暗塵隨馬去，明月逐人來。」時以爲工絶！美成「自有暗塵隨馬」本之。愚曩客授渝州沙坪壩時，值元夜月色爲風雨所敗，山城寂冷，追憶廣州燈市之盛，因用美成此調賦一闋；前列十六去聲字，及上去去上，悉拘依之，詞云：「微雲澹漢，夢雨飄窗，風送江聲冷。素娥窺鏡，啼妝淺，隱約漾光不定。吴斤漫引。傷一片，河山碎影。春已來，忘了安排，鬧市燒燈信。猶記羊城舊令。任魚龍翔户，旛勝穿徑。粉香成陣。裳衣窄，共逞沸天簫詠。而今倚枕。誰肯問沈腰潘鬢。清夜迢，心到君家，懸轆轤金井。」

浪淘沙慢

晝陰重，霜凋岸草，霧隱城堞。南陌脂車待發。東門帳飲乍闋。正拂面垂楊堪攬結。掩紅淚，玉手親折。念漢浦離鴻去何許，經時音信絶。情切。望中地遠天闊。向露冷風清無人處，耿耿寒漏咽。嗟萬事難忘，惟是輕别。翠尊未竭。憑斷雲，留取西樓殘月。羅帶光消紋衾疊。連環解，舊香頓歇。怨歌永，瓊壺敲盡缺。恨春去不與人期，弄夜色。空餘滿地梨花雪。

【箋評】

《麗情集》云：灼灼，錦城官妓也，善舞柘枝，能歌水調；御史裴質與之善，裴召還，灼灼以軟綃聚紅淚爲寄。

李益詩云：「從此無心愛良夜，任他明月下西樓！」「西樓殘月」本此。

杜詩：「光明白氎衣」，衣謂寢衣，即被也；白氎即吉貝，南海木棉也，疊疑即氎。李易安詞：「被翻紅浪」，則紅錦爲被面，或亦猶此所謂紋衾疊也。

《莊子·天下篇》：「連環可解也。」李義山詩：「水精如意玉連環。」

《西京雜記》：廣川王發魏襄王冢，得玉唾壺一枚。《晉書》：王敦每歌魏武帝「老驥伏櫪，志在千里！烈士暮年，壯心不已！」以鐵如意擊玉唾壺爲節，壺口盡缺。

陳亦峯云：美成詞操縱處，有出人意表者：如《浪淘沙慢》一闋，上二疊寫別離之苦，如「掩紅淚玉手親折」等句，故作瑣碎之筆；至末段蓄勢在後，驟雨飄風不可遏抑；歌至曲終，覺萬彙哀鳴，天地變色，老杜所謂「意愜關飛動，篇終接混茫」也。

王静安云：美成「《浪淘沙慢》，精壯頓挫，已開北曲之先聲」。

尉遲杯

隋隄路。漸日晚，密靄生煙樹。陰陰淡月籠沙，還宿河橋深處。無情畫舸，都不管，煙波隔前浦。等行人醉擁重衾，載將離恨歸去。　因思舊客京華，長偎傍疏林，小檻歡聚。冶葉倡條俱相識，仍慣見珠歌翠舞。如今向漁村水驛，夜如歲，焚香獨自語。有何人念我無聊，夢魂凝想鴛侶。

【箋評】

《妙選草堂詩餘》曰：唐鄭國寶詩：「亭亭畫舸繫春潭，直到行人酒半酣；不管煙波與風雨，載將離恨過江南！」美成《尉遲杯》意本此。

陳洵云：隋隄一境，京華一境，漁村水驛一境，總入「焚香獨自語」一句中。鴛侶則不獨自矣！只用實説，樸拙渾厚，尤清真之不可及處！長偎傍九字，紅友謂於傍字豆，正可不必。「偎傍疏林」與「小檻歡聚」是搓挪對，「冶葉倡條」「珠歌翠舞」，「俱相識」「仍慣見」，皆如此法。小詞起難，結尤難，此闋「夢魂凝想鴛侶」何等拙重？自非大家，不敢如此辦！前有清真，後有夢窗，皆浙詞大家，夢窗結處，亦多學清真；如《鶯啼序》結句「恨盈蠹紙」，《高陽臺》結句「淚滿平蕪」，《三姝媚》「欲去斜陽淚滿」，皆拙筆重筆，足鎮壓全篇。

西河 金陵懷古

佳麗地。南朝盛事誰記。山圍故國繞清江，髻鬟對起。怒濤寂寞打孤城，風檣遥度天際。　斷崖樹猶倒倚。莫愁艇子誰繫。空餘舊跡鬱蒼蒼，霧沈半壘。夜深月過女牆來，傷心東望淮水。　酒旗戲鼓甚處市。想依稀王謝鄰里。燕子不知何世。向尋常巷陌，人家相對。如説興亡斜陽裏。

【箋評】此詞融化唐人詩句而成，如「山圍故國周遭在，潮打空城寂寞回」，「夜深月過女牆來」，「舊時王謝堂前燕，飛入尋常百姓家」，皆劉夢得句也；略加點染，便成佳篇，此何以故？詞心與詩心通也。

意難忘

衣染鶯黄。愛停歌駐拍，勸酒持觴。低鬟蟬影動，私語口脂香。簷露滴，竹風涼。

拚劇飲淋浪。夜漸深，籠燈就月，子細端相。知音見説無雙。解移宫换羽，未怕周郎。長顰知有恨，貪耍不成妝。些箇事，惱人腸。試説與何妨。又恐伊尋消聽息，瘦損容光。

【箋評】

《詩》：「有鶯其羽。」「衣染鶯黄」所本。

《中華古今注》：魏文帝有絶寵四人，莫瓊樹制蟬鬢，縹渺如蟬翼；段巧笑始錦衣緑履，作紫粉拂面；陳尚衣能歌舞；薛夜來善爲衣裳，一時冠絶！

《唐志》：臘日宣賜口脂面藥，盛以翠管銀罌。杜詩：「口脂面藥隨恩澤，翠管銀罌下九霄。」

三國時謡諺：「曲有誤，周郎顧！」

《花間集》：「無計奈他獨耍壻！」顧敻詞。

唐人詩：「自從消瘦減容光。」見元稹《會真記》。

毛稚黄云：此詞忽而歡笑，忽而悲泣；如同枕席，如在天畔；真所謂不可解，不必解者！此等最是難作，作亦最難得佳。

韓偓《謝人致酒詩》：「淋漓沾滿襟，更發楚長歌。」爲「拚劇飲淋浪」之本。

玉樓春

桃溪不作從容住。秋藕絶來無續處。當時相候赤闌橋，今日獨尋黄葉路。煙中列岫青無數。雁背夕陽紅欲暮。人如風後入江雲，情似雨餘黏地絮。

【箋評】「人如風後入江雲」，蹤跡無定也；「情似雨餘黏地絮」，振拔不能也；美成多有婉孌之好，其亦以此自懺乎？

夜游宫

葉下斜陽照水。捲輕浪沈沈千里。橋上酸風射眸子。立多時，有黄昏，燈火市。古屋寒窗底。聽幾片井桐飛墜。不戀單衾再三起。有誰知，爲蕭娘，書一紙。

【箋評】楊巨源《崔娘詩》云：「風流才子多春思，腸斷蕭娘一紙書！」美成詞運化此事。《夷堅支志》云：美成在姑蘇與營妓岳楚雲相戀，後從京師過吴，則岳已從人久矣！因飲於太守蔡巒子高坐上，見其妹。因作《點絳脣》詞寄之云：「遼鶴歸來，故鄉多少傷心地！短書不寄，魚浪空千里！　憑仗桃根，説與相思意；愁無際，舊時衣袂，猶有東風淚！」楚雲讀之，感泣者累日。

蝶戀花

魚尾霞生明遠樹。翠壁黏天，玉葉迎風舉。一笑相逢蓬海路。人間風月如塵土。
剪水雙眸雲鬢吐。醉倒天風，笑語生青霧。此會未闌須記取。桃花幾度吹紅雨。

又

美盼低迷情宛轉。愛雨憐雲，漸覺寬金釧。桃李香苞秋不展。深心黯黯誰能見。
宋玉牆高纔一覘。絮亂絲繁，苦隔春風面。歌板未終風色便。夢爲胡蝶留芳甸。

又

晚步芳塘新霽後。春意潛來，迤邐通窗牖。午睡漸多濃似酒。韶華已入東君手。

嫩緑輕黄成染透。燭下工夫，洩漏妝臺秀。擬插芳條須滿首。管交風味還勝舊。

又

葉底尋花春欲暮。折徧柔枝，滿手真珠露。不見舊人空舊處。對花惹起愁無數。
卻倚闌干吹柳絮。粉蝶多情，飛上釵頭住。若遣郎身如蝶羽。芳時曾肯拋人去。

又

酒熟微紅生眼尾。半額龍香，冉冉飄衣袂。雲壓寶釵撩不起。黄金心字雙垂耳。
愁入眉痕添秀美。無限柔情，分付西流水。忽被驚風吹別淚。只應天也知人意。

【箋評】

美成令詞新秀有餘，沈酣不足；右録《蝶戀花》五首，視馮、歐之作遠遜矣！「葉底尋花」一闋，下半闋只説得粉蝶飛上釵頭鳳，人不如蝶，尤覺味薄！自此令詞，每況愈下，實由慢詞發展，詞家措意鋪敍之故；蓋令詞爲純感情鼓鑄而成，最忌鋪敍，亦不暇鋪敍也！此猶初唐四傑之歌行，鋪陳富綺，長篇累幅，讀之目眩，終不及魏晉人五言詩十餘句，味雋神永，反有得處！

然即於此責初唐四傑體都不應産生，則亦非矣！

李清照 十六首

如夢令

昨夜雨疏風驟。濃睡不消殘酒。試問捲簾人，卻道海棠依舊。知否。知否。應是緑肥紅瘦。

【箋評】王漁洋云：前輩謂史梅溪之句法，吴夢窗之字面，固是確論；尤須雕組而不失天然，如「緑肥紅瘦」，「寵柳嬌花」，人工天巧，可稱絶唱！若「柳腴花瘦」，「蝶悽蜂慘」，亦巧琢山骨矣！

又云：張南湖論詞派有二：一曰婉約，一曰豪放；僕謂婉約以易安爲宗，豪放惟幼安稱首，皆吾濟南人，難乎爲繼矣！

陳亦峯云：李易安獨闢門徑，居然可觀，其源自從淮海、大晟來，而鑄語則多生造；婦人有此，可謂奇矣！

沈寐叟云：易安跌宕昭彰，氣調極類少游，刻摯且兼山谷，篇章惜少，不過窺豹一斑；閨房之秀，固文士之豪也。

此詞聽慧絶世，説破三種歷程：首二句過去，中二句現在，末二句未來，才女一生，亦如海棠之經風雨而緑肥紅瘦，昔琴操聞「門前冷落車馬稀，老大嫁作商人婦」之句而悟道出家，良有以然矣！

浣溪沙

髻子傷春懶更梳。晚風庭院落梅初。淡雲來往月疏疏。　玉鴨熏鑪閒瑞腦，朱櫻斗帳掩流蘇。通犀還解辟寒無。

【箋評】

《開元天寶遺事》：開元二年冬至，交趾國進犀一株，色黄如金，使者請以金盤置於殿中，温温然有暖氣襲人；上問其故，使者對曰：「此辟寒犀也！頃自隋文帝時，本國曾進一株，直至今日。」上甚悦，厚賜之。

譚復堂云：易安居士，獨此篇有唐調，選家鑪冶，遂標此奇。

詞中詠雲月者，凡有四人，均奇！李後主「朦朧淡月雲來去」，晏小山「當時明月在，曾照綵雲歸」，賀方回「恨不如今夜，多情明月，猶待歸雲」，李易安「淡雲來往月疏疏」，而二李尤相似也。

菩薩蠻

風柔日薄春猶早。夾衫乍著心情好。睡起覺微寒。梅花鬢上殘。　故鄉何處是。忘了除非醉。沈水卧時燒。香消酒未消。

【箋評】《識小録》：沉香出真臘者爲上，占城次之，萬州爲下；真者其黑如墨，其重如石，置之甕中，直沉甕底。

「梅花鬢上殘」五字，清絶！奇絶！蕭綱詩：「夢笑開嬌靨，眠鬟壓落花。」蓋其先驅而已！

一翦梅

紅藕香殘玉簟秋。輕解羅裳，獨上蘭舟。雲中誰寄錦書來，雁字迴時，月滿西樓。　花自飄零水自流。一種相思，兩處閒愁。此情無計可消除，才下眉頭，卻上心頭。

【箋評】《瑯嬛記》云：易安結褵未久，明誠出遊，易安意殊不忍，别書此詞於錦帕送之。

陳亦峯云：易安佳句，如《一剪梅》起七字云「紅藕香殘玉簟秋」，精秀特絶！真不食人間煙火者。

蝶戀花

暖雨晴風初破凍。柳眼梅腮，已覺春心動。酒意詩情誰與共。淚融殘粉花鈿重。乍試夾衫金縷縫。山枕斜欹，枕損釵頭鳳。獨抱濃愁無好夢。夜闌猶剪燈花弄。

【箋評】郭憲《洞冥記》云：漢武帝元鼎元年，有神女留玉釵與帝，故宫人作玉釵。

王漁洋和漱玉此詞云：「涼夜沈沈花漏凍。欹枕無眠，漸聽荒鷄動。此際閒愁郎不共。月移窗罅春寒重。憶共錦裯無半縫。郎似桐花，妾似桐花鳳。往事迢迢徒入夢。銀筆斷續連珠弄。」

又

永夜懨懨歡意少。空夢長安，認取長安道。爲報今年春色好。花光月影宜相照。

隨意杯盤雖草草。酒美梅酸，恰稱人懷抱。醉裏插花花莫笑。可憐春似人將老。

【箋評】東坡詩云：「人老簪花不自羞，花應羞上老人頭！」易安用之，不言人老而反言春老，語婉意卻沈痛！

醉花陰

薄霧濃雰愁永晝，瑞腦銷金獸。佳節又重陽，玉枕紗幮，半夜涼初透。東籬把酒黄昏後。有暗香盈袖。莫道不消魂，簾捲西風，人比黄花瘦。

【箋評】《珠花簃詞話》云：中山王《文木賦》：「奔電屯雲，薄霧濃雰。」易安《醉花陰》首句用此，俗本改「雰」爲「雲」，陋甚！升庵楊氏嘗辨之，且即付之歌喉，「雲」字殊不入律，不如「雰」字起調。可爲知者道耳！稼軒詞《木蘭花慢·送張仲固帥興元》句云：「追亡事，今不見！但山川滿目淚沾衣！」「追亡」用韓信事，俗本改作「興亡」，則毫無故實，是亦「薄霧濃雲」之流亞也。

武陵春

風住塵香花已盡，日晚倦梳頭。物是人非事事休。欲語淚先流。　聞説雙溪春尚好，也擬泛輕舟。只恐雙溪舴艋舟。載不動，許多愁。

【箋評】《三國志》注：管甯自訟其過云：「吾嘗三日科頭，一日晏起！」科頭猶言倦梳頭也。花已殘妝委地矣！「風住塵香」一語，無限悽楚！

南歌子

天上星河轉，人間簾幕垂。涼生枕簟淚痕滋。起解羅衣聊問，夜何其。　翠貼蓮蓬小，金銷藕葉稀。舊時天氣舊時衣。只有情懷不似，舊家時。

【箋評】唐崔國輔《小樂府》云：「妾有羅衣裳，秦王在時作；爲舞春風多，秋來不堪著！」漱玉此詞末二句從此翻出。

臨江仙

庭院深深深幾許，雲窗霧閣常扃。柳梢梅萼漸分明。春歸秣陵樹，人老建康城。

感月吟風多少事，如今老去無成。誰憐憔悴更雕零。試燈無意思，踏雪没心情。

【箋評】《清波雜志》：易安在江寧日，每值天大雪，即頂笠披蓑，循城遠覽；得句必邀賡和，明誠每苦之。

孤雁兒

藤牀紙帳朝眠起。説不盡，無佳思。沈香斷續玉鑪寒，伴我情懷如水。笛裏三弄，梅心驚破，多少春恨意。

小風疏雨蕭蕭地。又催下，千行淚。吹簫人去玉樓空，腸斷與誰同倚。一枝折得，人間天上，没箇人堪寄。

【箋評】此詞悼逝之意。

滿庭芳

小閣藏春，閒窗鎖晝，畫堂無限深幽。篆香燒盡，日影下簾鈎。手種江梅更好，又何必臨水登樓。無人到，寂寥渾似，何遜在揚州。從來知韻勝，難堪雨藉，不耐風揉。更誰家橫笛，吹動濃愁。莫恨香消雪減，須信道掃跡難留。難言處，良宵淡月，疏影尚風流。

【箋評】

此詞詠手種江梅，觀闋中「從來知韻勝，難堪雨藉，不耐風揉。」實自寫其身世之哀也。唐人句：「憑仗高樓莫吹笛，大家留取凭闌干！」蓋笛中有《落梅花》曲。

鳳凰臺上憶吹簫

香冷金猊，被翻紅浪，起來慵自梳頭。任寶奩塵滿，日上簾鈎。生怕離懷別苦，多少事，欲説還休。新來瘦，非干病酒，不是悲秋。休休。者回去也，千萬徧陽關，也則難留。念武陵人遠，煙鎖秦樓。惟有樓前流水，應念我終日凝眸。凝眸處，從今又添一段新愁。

【箋評】

沈天羽云：懶説出妙！瘦爲爲甚的？尤「千萬徧」痛甚！又云：清風朗月，陡化爲楚雨巫雲；阿閣洞房，立變爲離亭别墅；至文也。

張祖望云：「惟有樓前流水，應念我終日凝眸！」癡語也；如巧匠運斤，毫無痕跡。

寫難狀之情，如在目前；流不盡之怨，出於言外；秦少游之尊前花下，一往情深者，對此尚有遜色！文學以内心哀樂醖釀豐至者爲貴！如：「多少事，欲説還休！」「千萬徧陽關，也則難留！」其醖釀非一朝一夕之故矣！

聲聲慢

尋尋覓覓，冷冷清清，悽悽慘慘切切。乍暖還寒時候，最難將息。三杯兩盞淡酒，怎敵他晚來風急。雁過也，正傷心，卻是舊時相識。滿地黄花堆積。憔悴損，如今有誰堪摘。守著窗兒，獨自怎生得黑。梧桐更兼細雨，到黄昏點點滴滴。這次第，怎一個愁字了得。

【箋評】

張正夫云：此乃公孫大娘舞劍手，本朝非無能詞之士，未曾有一下十四疊字者，用《文選》諸賦格。後疊又云：「梧桐更兼細雨，到黄昏點點滴滴！」又使字疊均，無斧鑿痕，更有一奇，「守著窗兒，獨自怎生得黑？」黑字不許第二人押，婦人中有此文筆，殆間氣也。

劉公勇云：周美成不止不能作情語，其體雅正，無旁見側出之妙；柳七最尖穎，時有俳狎，故子瞻以是呵少游；若山谷亦不免，如「我不合太撋」就類，下此則蒜酪體也！惟易安居士「最難將息」、「怎一個愁字了得」深妙穩雅，不落蒜酪，亦不落絶句，真此道本色當行第一人也。

念奴嬌

蕭條庭院，又斜風細雨，重門須閉。寵柳嬌花寒食近，種種惱人天氣。險韻詩成，扶頭酒醒，别是閒滋味。征鴻過盡，萬千心事難寄。　樓上幾日春寒，簾垂四面，玉闌干慵倚。被冷香消新夢覺，不許愁人不起。清露晨流，新桐初引，多少游春意。日高煙斂，更看今日晴未。

【箋評】

楊升庵云：「清露晨流，新桐初引」，用《世説》入妙。

黄花庵云：前輩嘗稱易安「緑肥紅瘦」爲佳句，余謂此篇「寵柳嬌花」之語亦甚奇俊，前此未有道之者。

毛稚黄云：嘗論詞貴開宕，不欲沾滯，忽悲忽喜，乍遠乍近，斯爲妙耳！如遊樂詞，須微著悲思，方不癡肥，李春晴詞本閨怨，結云：「多少遊春意，更看今日晴未？」忽爾開拓，不但不爲題束，並不爲本意所苦，直如行雲，舒卷自如，人不覺耳！

永遇樂

落日鎔金，暮雲合璧，人在何處。染柳煙濃，吹梅笛怨，春意知幾許。元宵佳節，融和天氣。次第豈無風雨。來相召香車寶馬，謝他酒朋詩侶。　中州盛日，閨門多暇，記得偏重三五。鋪翠冠兒，撚金雪柳，簇帶爭濟楚。如今憔悴，風鬟霧鬢，怕見夜間出去。不如向簾兒底下，聽人笑語。

【箋評】

張正夫云：晚年賦元宵《永遇樂》詞云：「落日鎔金，暮雲合璧。」自已工緻；至於「染柳煙濃，吹梅笛怨，春意知幾許？」氣象更好！後疊云：「于今憔悴，風鬟霧鬢，怕見夜間出去！」皆以尋常語度入音律，鍊句精巧，則易平淡入調者。

劉辰翁和此云：「璧月初晴，黛雲還淡，春事誰主。禁苑嬌寒，湖隄倦暖，前度遽如許。香塵暗陌，華燈明晝，長是懶攜手去。誰知道斷煙禁夜，滿城似愁風雨。宣和舊日，臨安南渡，芳景猶自如故。緗帙流離，風鬟三五，能賦詞最苦。江南無路。鄜州今夜，此苦又誰知否。空相對，殘釭無寐，滿村社鼓。」

張元幹

石州慢　二首

寒水依痕，春意漸回，沙際煙闊。溪梅晴照生香，冷蕊數枝爭發。天涯舊恨，試看幾許消魂，長亭門外山重疊。不盡眼中青，是愁來時節。　情切。畫樓深閉，想見東風，暗銷肌雪。辜負枕前雲雨，樽前花月。心期切處，更有多少淒涼，殷勤留與歸時說。到得再相逢，恰經年離別。

又

雨急雲飛，瞥然驚散，暮天涼月。誰家疏柳低迷，幾點流螢明滅。夜帆風駛，滿湖煙水蒼茫，菰蒲零亂秋聲咽。夢斷酒醒時，倚危檣清絶。　心折。長庚光怒，羣盗縱横，逆胡猖獗。欲挽天河，一洗中原膏血。兩宫何處，塞垣祇隔長江，唾壺空擊悲歌缺。萬里想龍沙，泣孤臣吴越。

【箋評】

李華《弔古戰場文》：「天下有道，守在四夷。」今云：「塞垣祇隔長江」，其爲蹙國，不堪言矣！

葉夢得 二首

賀新郎

睡起流鶯語。掩蒼苔，房櫳向晚，亂紅無數。吹盡殘花無人見，惟有垂楊自舞。漸暖靄初回輕暑。寶扇重尋明月影，暗塵侵上有乘鸞女。驚舊恨，遽如許。　江南夢斷橫江渚。浪黏天葡萄漲緑，半空煙雨。無限樓前滄波意，誰採蘋花寄取。但悵望蘭舟容與。萬里雲帆何時到，送孤鴻目斷千山阻。誰爲我，唱金縷。

【箋評】

何遜詩：「秋月如團扇。」柳宗元詩：「欲採蘋花不自由。」

王介甫詩：「玉斧修成寶月團，月邊猶有女乘鸞。」

李白詩：「遥看漢水鴨頭緑，恰似葡萄初醱醅」

虞美人 雨後同幹譽才卿置酒來禽花下作

落花已作風前舞。又送黄昏雨。曉來庭院半殘紅，惟有游絲千丈，嫋晴空。

殷勤花下同攜手。更盡杯中酒。美人不用斂蛾眉。我亦多情無奈，酒醒時。

李玉 一首

賀新郎

篆縷銷金鼎。醉沈沈，庭陰轉午，畫堂人靜。芳草王孫知何處，惟有楊花糁徑。漸玉枕騰騰春醒。簾外殘紅春已透，鎮無聊，殢酒厭厭病。雲鬢亂，未忺整。江南舊事休重省。偏天涯，尋消問息，斷鴻難倩。月滿西樓憑闌久，依舊歸期未定。又只恐瓶沈金井。嘶騎不來銀燭暗，枉教人立盡梧桐影。誰伴我，對鸞鏡。

【箋評】

陳亦峯云：此詞綺麗風華，情韻並盛，允推名作。「芳草王孫」用王維句，「瓶沈金井」用杜詩，「嘶騎不來」用温飛卿詞。王孫不歸，瓶沈金井；嘶騎不來，鸞鏡誰開；思婦之情，憔悴可掬！

魯逸仲

南浦 一首

風悲畫角，聽單于三弄落譙門。投宿駸駸征騎，飛雪滿孤邨。酒市漸闌燈火，正敲窗，亂葉舞紛紛。送數聲驚雁，乍離煙水，嘹唳度寒雲。　好在半朧淡月，到如今，無處不消魂。故國梅花歸夢，愁損緑羅裙。爲問暗香閒豔，也相思，萬點付啼痕。算翠屏應是，兩眉餘恨倚黄昏。

【箋評】 李于麟云：上是旅思凄凉之景況，下是故鄉懷望之神情。

岳飛　一首

滿江紅

怒髮衝冠，憑闌處，瀟瀟雨歇。擡望眼仰天長嘯，壯懷激烈。三十功名塵與土，八千里路雲和月。莫等閒白了少年頭，空悲切。　靖康恥，猶未雪，臣子憾，何時滅。駕長車踏破，賀蘭山缺。壯志飢餐胡虜肉，笑談渴飲匈奴血。待從頭收拾舊山河，朝天闕。

【箋評】 《清夜録》：靖康元年冬，都城受圍，四十餘日，易子而食，有以子肥瘦不等而争訟者；富人貴戚以雀鼠猫犬爲佳味相送惠。正月初五日方開門，徽宗在蕊珠宫早膳，李石周詗吴幵莫儔入言：「金人請上出郊議事便回，皇帝請爺爺娘娘速來！」上曰：「軍前莫有變否？朕平日以爵位優卿等，今日勿爲小利所誘！」中書舍人姜堯臣曰：「去則不得回矣！」石曰：「若信堯臣言，必誤大事！」堯臣以笏擊石額流血仆地，俄有禁卒報皇后已在南薰門倚候，上皇曰：「我去留未決，何故皇后先出？」后曰：「昨日李石傳聖旨。」堯臣曰：「陛下不信臣言，李石是賊！暗受金人官爵，賣國利己。」上曰：「若以我爲質，得官家回保祖宗社稷，亦無恨矣！」乃行至南薰門，番使催行，上曰：「事果變矣！」堯臣曰：「果爲李石所賣。」番使以骨朵擿其口仆地，上曰：「勿殺吾忠臣！」四太子求王婉容爲黏罕子婦，婉容自刎死。高宗自真定府逃回，單騎至邢州李固渡，馬斃，冒雨行，一日，投宿楊嫗草舍。嫗長子若水上書乞勿廢皇帝，被四太子埋土中，亂箭射殺三人，姓名不見於史傳，而見於曹勛《北狩録》，故表而出之。

《話腴》云：「武穆《收復河南罷兵表》云：『莫守金石之約，難充谿壑之求；暫圖安而解倒懸，猶之可也；欲遠慮而尊中國，豈其然乎？』故作《小重山》云：『欲將心事付瑶琴，知音少，絃斷有誰聽！』指主和議者。又作《滿江紅》，忠憤可見，其不欲等閒白了少年頭，可以明其心事。」岳武穆此詞，本孟子浩然之氣，作荆卿易水之歌；義貫金石，聲滿天地；不以文字工拙論也，即令論文，「塵與土」，「雲和月」，曠闊語也，「莫等閒」，沈著語也，「待從頭」，豪烈語也，又豈他人所可望哉？

張孝祥

六州歌頭 二首

長淮望斷，關塞莽然平。征塵暗，霜風勁，悄邊聲。黯銷凝。追想當年事，殆天數，非人力，洙泗上，絃歌地，亦羶腥。隔水氈鄉，落日牛羊下，區脱縱横。看名王宵獵，騎火一川明。笳鼓悲鳴。遣人驚。　念腰間箭，匣中劍，空埃蠹，竟何成。時易失，心徒壯，歲將零。渺神京。干羽方懷遠，静烽燧，且休兵。冠蓋使，紛馳騖，若爲情。聞道中原遺老，常南望翠葆霓旌。使行人到此，忠憤氣填膺。有淚如傾。

【箋評】

《朝野遺記》云：安國在建康留守席上，賦此歌闋，魏公爲罷席而入。

符離之役，張浚盡喪國之軍實，南宋之所以不能圖恢復者坐此；而謬言得符離心學，其子張栻南軒與朱子交善，爲當時名儒，因是以飾蓋敗跡，逃免清議，宜聞此歌闋愧而罷席也。吴則禮詩云：「華館相望接使星，長淮南北已休兵；便須買酒追行樂，更覺何時是太平？」此詞「静烽燧，且休兵。冠蓋使，紛鶩馳，若爲情」亦與之同，足見當時士大夫最恨總師干者喪師失地，執國柄者主和誤國；如張安國骨鯁在喉，尚得吐之一快，若吴則禮買酒行樂，圖瞬息之暫安，豈不愈可悲哉？

念奴嬌 過洞庭

洞庭青草，近中秋，更無一點風色。玉界瓊田三萬頃，著我扁舟一葉。素月分輝，明河共影，表裏俱澄澈。悠然心會，妙處難與君説。　應念嶺表經年，孤光自照，肝膽皆冰雪。短鬢蕭疏襟袖冷，穩泛滄溟空闊。盡吸西江，細斟北斗，萬象爲賓客。叩舷獨嘯，不知今夕何夕。

【箋評】

《荆州記》云：巴陵南有青草湖，周圍數百里，日月出没其中；湖南青草山，故因以爲名。

魏了翁跋此詞真蹟云：張于湖有英姿奇氣，著之湖湘間，未爲不遇；洞庭所賦，在集中最爲傑特，方其吸江酌斗，賓客萬象時，詎知世間有紫微青瑣哉？

王壬秋云：飄飄有淩雲之氣，覺東坡《水調》，猶有塵心。

陸淞

瑞鶴仙　一首

臉霞紅印枕。睡覺來，冠兒還是不整。屏間麝煤冷。但眉峯壓翠，淚珠彈粉。堂深晝永。燕交飛，風簾露井。恨無人説與，相思近日，帶圍寬盡。　重省。殘燈朱幌，淡月紗窗，那時風景。陽臺路迥。雲雨夢，便無準。待歸來，先指花梢教看，欲把心期細問。問因循過了青春，怎生意穩。

【箋評】

《耆舊續聞》云：南渡初，南班宗子寓居會稽爲近屬，士子最盛，園亭甲於浙東，一時座客皆騷人墨士；陸子逸嘗與焉。士有侍姬盼盼者，色藝殊絶，公每屬意焉！一日宴客偶睡，不預捧觴之列，陸因問之，士即呼至，其枕痕猶在臉；公爲賦《瑞鶴仙》有「臉霞紅印枕」之句，一時盛傳，逮今爲雅唱，後盼盼亦歸陸氏。

張叔夏云：屏去浮豔，樂而不淫，是亦漢魏樂府之遺意。梁簡文帝《詠内人晝眠》詩：「夢笑開嬌靨，眠鬟壓落花，簟文生玉腕，香汗漫紅紗。」可與此詞發端參讀。

陸游 四首

卜算子 詠梅

驛外斷橋邊，寂寞開無主。已是黄昏獨自愁，更著風和雨。　無意苦争春，一任羣芳妒。零落成泥碾作塵，只有香如故。

【箋評】

卓人月云：末句想見勁節。

唐子西《詠梅》云：「只今已是丈人行，背與年少争春風！」與放翁「無意苦争春」機杼正同。

韓偓句：「正值連宵酒未醒，不宜此際兼微雨。」此詞首二句取此。

釵頭鳳

紅酥手。黄藤酒。滿城春色宫牆柳。東風惡。歡情薄。一懷愁緒，幾年離索。錯錯錯。　春如舊。人空瘦。淚痕紅浥鮫綃透。桃花落。閒池閣。山盟雖在，錦書難託。莫莫莫。

【箋評】《耆舊續聞》云：陸放翁初娶唐氏女，於其母夫人爲姑姪，伉儷相得而弗獲於其姑；既出，未忍絶之，則爲之别館，時時往焉。其姑知而掩之，雖先知挈去，然事不得隱，竟絶之，亦人倫之大變也。唐後改適同郡宗子士程，嘗以春日出遊，相遇於禹跡寺南之沈氏園，唐以語趙，遣致酒肴，翁悵然久之，爲《釵頭鳳》題園壁間。未久，唐氏死，至紹熙壬子歲，復有詩，序云：「禹跡寺南有沈氏小園，四十年前嘗題小闋壁間，偶復一到，而園已三易主，讀之悵然！」詩云：「楓葉初丹槲葉黄，河陽愁鬢怯新霜。林亭感舊空回首，泉路憑誰説斷腸。壞壁醉題塵漠漠，斷雲幽夢事茫茫；年來妄念消除盡，回向蒲龕一炷香。」又至開禧乙丑歲暮，夜夢游沈氏園，又作兩絶句云：「路近城南已怕行，沈家園裏更傷情；香穿客袖梅花在，緑蘸寺橋春水生。」「城南小陌又逢春，只見梅花不見人；玉骨久沈泉下土，墨痕猶鎖壁間塵！」沈園後屬許氏，又爲汪之道宅云。

風入松

十年裘馬錦江濱。酒隱紅塵。萬金選勝鶯花海，倚疎狂，驅使青春。吹笛魚龍盡出，題詩風月俱新。　自憐華髮滿紗巾。猶是官身。鳳樓曾記當時語，問浮名，何似身親。欲寫吴箋説與，這回真箇閒人。

【箋評】

《齊東野語》云：放翁在蜀日，多所盼，出蜀後每懷舊遊，多見之賦詠。有云：「金鞭珠彈憶春遊，萬里橋東罨畫樓。夢情曉風吹不斷，書憑春雁寄無由。鏡中顔鬢今如此！席上賓朋好在否？篋有吴箋三百箇，擬將細字説新愁。」又云：「裘馬清狂錦水濱，最繁華地作閒人。金壺投箭消長日，翠袖傳杯領好春。幽鳥語隨歌處拍，落花鋪作舞時茵。悠然自適君知否？身與浮名孰重輕！」以此詩隱括作《風入松》云。

《耆舊續聞》：蜀娼類能文，蓋薛濤之遺風也。放翁客自蜀挾一妓歸，蓄之别室，率數日一往，偶以病少疏，妓頗疑之。客作詞自解，妓即韻答之云：「説盟説誓，説情説意，動便春愁滿紙！多應念得脱空經，是那箇先生教底！不茶不飯，不言不語，一味供他憔悴！相思已是不曾閒，又那得工夫咒你？」或謗翁挾蜀尼以歸，即此也。

漁家傲

東望山陰何處是。往來一萬三千里。寫得家書空滿紙。流清淚。書回已是明年事。　寄語紅橋橋下水。扁舟何日尋兄弟。行徧天涯真老矣。愁無寐。鬢絲幾縷茶煙裏。

范成大 二首

憶秦娥

樓陰缺。闌干影卧東廂月。東廂月。一天風露，杏花如雪。　隔煙催漏金虬咽。羅幃黯淡燈花結。燈花結。片時春夢，江南天闊。

【箋評】

《絶妙好詞校録》云：范石湖《憶秦娥》，「片時春夢，江南天闊」，乃用岑嘉州「枕上片時春夢中，行盡江南數千里」詩意，蓋隱括餘例也。

霜天曉角

晚晴風歇。一夜春威折。脈脈花疎天淡，雲來去，數枝雪。　勝絶愁亦絶。此情誰共説。惟有兩行低雁，知人倚，畫樓月。

辛棄疾 十三首

賀新郎 別茂嘉十二弟

緑樹聽鵜鴂。更那堪鷓鴣聲住，杜鵑聲切。啼到春歸無尋處，苦恨芳菲都歇。算未抵人間離別。馬上琵琶關塞黑。更長門翠輦辭金闕。看燕燕，送歸妾。　將軍百戰身名裂。向河梁回頭萬里，故人長絶。易水蕭蕭西風冷，滿座衣冠似雪。正壯士悲歌未徹。啼鳥還知如許恨，料不啼清淚長啼血。誰共我，醉明月。

【箋評】　黄梨莊云：辛稼軒當弱宋末造，負管樂之才，不能盡展其用；一腔忠憤，無處發洩，觀其與陳同甫抵掌談論，是何等人物？故其悲歌慷慨，抑鬱無聊之氣，一寄之於其詞令，欲與搔首傅粉者比，是豈知稼軒者？

謝枚如云：稼軒是極有性情人，學稼軒者，胸中須先具一段真氣奇氣，否則雖紙上奔騰，其中俄空焉！亦蕭蕭索索如牖下風耳！又云：晏秦之妙麗，源於李太白、温飛卿；姜史之清真，源於張志和、白樂天；惟蘇辛在詞中樊籬獨闢焉。讀蘇辛詞，知詞中有人，詞中有品，不敢自爲菲薄！然辛以畢生精力注之，比蘇尤爲横出矣。

王静安云：南宋詞人，白石有格而無情，劍南有氣而乏韻，其堪與北宋人頡頏者，唯一幼安耳！近人祖南宋而祧北宋，以南宋之詞可學，北宋不可學也！學南宋者，不祖白石，則祖夢窗，以白石、夢窗可學，幼安不可學也！學幼安者，悉祖其粗獷、滑稽，以其粗獷、滑稽處可學，佳處不可學也！幼安之佳處在有性情，有境界，即以氣象論，亦有傍素波、干青雲之概！寧後世齷齪小子所可擬耶？

梁任公云：《賀新郎》詞以第四韻之單句（按即「算未抵人間離别」）爲全首筋節，如此句最可學。

許蒿廬云：上三項説婦人（按即王明君，陳皇后，衛莊姜），此二項説男子（按即李陵，荆軻），中間不敍正位，卻羅列古人許多離别，如讀文通《别賦》，亦創格也！

又賦琵琶

鳳尾龍香撥。自開元霓裳曲罷，幾番風月。最苦潯陽江頭客，畫舸亭亭待發。記出塞黄雲堆雪。馬上離愁三萬里，望昭陽宫殿孤鴻没。絃解語，恨難説。遼陽驛使音塵絶。瑣窗寒輕攏慢撚，淚珠盈睫。推手含情還卻手，一抹涼州哀徹。千古事雲飛煙滅。賀老定場無消息。想沈香亭北繁華歇。彈到此，爲嗚咽。

【箋評】

許蒿庵云：貴妃琵琶，以龍香板爲撥，以邏沙檀爲槽；有金縷紅紋，蹙成雙鳳；故東坡詩云：「數絃已品龍香撥，半面猶遮鳳尾槽。」歐陽永叔《明妃曲》：「推手爲琵卻手琶，胡人聽之亦咨嗟！」元微之《連昌宫詞》：「賀老琵琶定場屋。」

陳亦峯云：此詞運典雖多，卻一片感慨，故不嫌堆垛；心中有淚，故筆下無一字不嗚咽。

水龍吟 登建康賞心亭

楚天千里清秋，水隨天去秋無際。遥岑遠目，獻愁供恨，玉簪螺髻。落日樓頭，斷鴻聲裏，江南游子。把吴鉤看了，闌干拍徧，無人會，登臨意。休説鱸魚堪膾，儘西風季鷹歸未。求田問舍，怕應羞見，劉郎才氣。可惜流年，憂愁風雨，樹猶如此。倩何人唤取，紅巾翠袖，揾英雄淚。

【箋評】

《詩話總龜》云，賞心亭，丁晉公所作。

韓昌黎、孟東野《城南聯句》：「遥岑出寸碧，遠目增雙明。」

《夢溪筆談》：唐人詩多有言吴鉤者（如杜甫詩：「含笑看吴鉤。」）吴鉤，刀名也。

唐人詩：「醉拍闌干呼范蠡。」

《世説》云：張翰在洛，見秋風起，因思吴中蒓菜羹、鱸魚膾曰：「人生貴得適意爾！何能羈宦數千里，以要名爵！」遂命駕歸。

《三國志》云：許汜論陳元龍豪氣未除，謂昔過下邳，見元龍無主客禮，自上大牀卧，使客卧下牀。劉備曰：「君有國士名，而不留心救世；乃求田問舍，言無可採，是元龍所諱也！如我當卧百尺樓上，卧君於地，何但上下牀之間哉？」

《世説》云：晉桓温見昔時種柳皆已十圍，慨然曰：「木猶如此，人何以堪！」

又過南澗雙溪樓

舉頭西北浮雲，倚天萬里須長劍。人言此地，夜深長見，斗牛光焰。我覺山高，潭空水冷，月明星淡。待燃犀下看，憑闌卻怕，風雷怒，魚龍慘。　峽束蒼江對起，過危樓欲飛還斂。元龍老矣，不妨高卧，冰壺涼簟。千古興亡，百年悲笑，一時登覽。問何人又卸，片帆沙岸，繫斜陽纜。

【箋評】

宋玉《大言賦》：「長劍耿耿倚天外。」

「斗牛光焰」，用雷煥見豐城獄中劍氣射牛斗之墟事。

「燃犀下看」，用温嶠牛渚燃犀下燭幽怪事。

祖平謹案：此詞結處，「問何人又卸，片帆沙岸，繫斜陽纜！」用王荆公《鍾山絶句》：「我亦暮年專一壑，每逢車馬便驚猜！」作拓一層寫，不可草草看過。

摸魚兒

淳熙己亥，自湖北漕移湖南，同官王正之置酒小山亭，爲賦。

更能消幾番風雨。匆匆春又歸去。惜春長怕花開早，何况落紅無數。春且住。見説道，天涯芳草無歸路。怨春不語。算只有殷勤，畫簷蛛網，盡日惹飛絮。長門事，準擬佳期又誤。蛾眉曾有人妒。千金縱買相如賦。脈脈此情誰訴。君莫舞。君不見，玉環飛燕皆塵土。閒愁最苦，休去倚危欄，斜陽正在，煙柳斷腸處。

【箋評】

《鶴林玉露》云：詞意殊怨！斜陽煙柳之句，比之「未須愁日暮，天際乍輕陰」者異矣！在漢唐時，寧不貰種豆種桃之禍？然聞壽皇見此詞頗不悦，終不加以罪，可謂盛德。

沈天羽云：李涉詩：「野寺尋花春已遲，背岩惟有兩三枝；明朝攜酒猶堪賞，爲報春風且莫吹！」辛用其意。

許蒿盧云：「春且住」三句，是留春之辭；結句即義山「夕陽無限好，只是近黄昏」之意，斜陽以喻君也。

永遇樂 京口北固亭懷古

千古江山，英雄無覓，孫仲謀處。舞榭歌臺，風流總被，雨打風吹去。斜陽草樹。

尋常巷陌，人道寄奴曾住。想當年金戈鐵馬，氣吞萬里如虎。元嘉草草，封狼居胥，贏得倉皇北顧。四十三年，望中猶記，烽火揚州路。可堪回首，佛狸祠下，一片神鴉社鼓。憑誰問，廉頗老矣，尚能飯否。

【箋評】

楊升庵云：辛詞當以《京口北固亭懷古永遇樂》爲第一。

寄奴，劉裕小字；裕謂慕容垂如南來，當以鐵騎五千待之。

元嘉，宋文帝年號。

「封狼居胥」，狼居胥，山名，封狼居胥，猶言勒燕然山而返也。

佛狸，北魏太祖拓拔珪小字。

唐人詩：「拋殘餘食飼神鴉。」

稼軒詞使事雖多，其大氣足以包舉之，故不爲病；而其所以傑出爲南宋第一大詞家者，則以心量恢宏，處處以家國爲懷，不忘匡復；如陳同甫上孝宗皇帝書請遷都建康以圖進取，稼軒與其論之熟矣！南渡大詞人之恨，如張蘆川詞：「欲挽天河，一洗中原膏血！兩宮何處？塞垣只隔長江！唾壺空擊悲歌缺！」與稼軒之「休去倚危闌，斜陽正在，煙柳斷腸處」感慨正同；而稼軒之「紅巾翠袖，揾英雄淚！」「廉頗老矣！尚能飯否？」用世之意如揭！子美詩外大有事在，稼軒真詞外大有事在者也。右選《登建康賞心亭水龍吟》，《過南澗雙溪樓》，《小山亭摸魚兒》，《北固亭永遇樂》，共爲四首，三亭一樓，彙齊見之，庶以表登高能賦致思極遠之意；善讀詞者，仔細參之可也。

祝英臺近

寶釵分，桃葉渡。煙柳暗南浦。怕上層樓，十日九風雨。斷腸片片飛紅，都無人管，更誰勸啼鶯聲住。　鬢邊覷。應把花卜歸期，纔簪又重數。羅帳燈昏，哽咽夢中語。是他春帶愁來，春歸何處。卻不解帶將愁去。

【箋評】

黄蓼園云：按此閨怨詞也。史稱稼軒人材大類温嶠、陶侃，周益公等抑之爲之惜，此必有所託，而借閨怨以抒其志乎？言自與良人分釵後，一片煙雨迷離，落紅已盡，而鶯聲未止，將奈之何乎？次闋言問卜欲求會，而間阻實多，而憂愁之念，將不能自已矣！意致悽惋，其志可憫。史稱葉衡入相，薦棄疾有大略，召見提刑江西，平劇盜；兼湖南安撫，盜起湖湘，棄疾悉平之；後奏請於湖南設飛虎軍，詔委以規畫，時樞府有不樂者，數阻撓之，議者以聚斂聞，降御前金字牌停住；棄疾開陳本末，繪圖繳進，上乃釋然。詞或作於此時乎？

張侃《拙軒集》云：辛幼安《祝英臺》云：「是他春帶愁來，春歸何處？卻不解帶將愁去！」王君玉《祝英臺》云：「可堪妬柳羞花，下牀都懶，便瘦也教春知道！」前一詞欲春帶愁去，後一詞欲春知道瘦，近世春晚詞少有比者。

青玉案元夕

東風夜放花千樹。更吹落，星如雨。寶馬雕車香滿路。鳳簫聲動，玉壺光轉，一夜魚龍舞。　蛾兒雪柳黄金縷。笑語盈盈暗香去。衆裏尋他千百度。驀然回首，那人卻在，燈火闌珊處。

【箋評】《雲仙散録》云：正月十五，造火蛾兒五粱餻。楊慎《詞品》：京師有鬧裝帶。又云：「斜分八字淺檀蛾。」婦女暈眉用檀色也。檀蛾或即蛾兒，朱淑真詞「鬧蛾雪柳添妝束」同此。

蕭綱詩：「約黄能效月，裁金巧奪星。」蔣捷詞：「那時元夜，況年來心懶意怯，羞與鬧蛾兒争耍！」蓋女子眉注沈檀粉，與月之淡黄相映争妍，故謂之鬧蛾耳！

彭孫遹云：稼軒「驀然回首，那人卻在，燈火闌珊處」，秦周之佳境也。宋人效稼軒詞意成一絶句云：「鎮日尋春不見春，芒鞋踏破嶺頭雲；歲來卻笑茅檐下，春在枝頭已十分。」

念奴嬌 書東流村壁

野塘花落。又匆匆過了，清明時節。剗地東風欺客夢，一枕雲屏寒怯。曲岸持觴，垂楊繫馬，此地曾輕別。樓空人去，舊游飛燕能説。聞道綺陌東頭，行人曾見，簾底纖纖月。舊恨春江流不盡。新恨雲山千疊。料得明朝，尊前重見，鏡裏花難折。也應驚問，近來多少華髮。

【箋評】

李義山詩：「爲有雲屏無限嬌，風城春盡怕春宵。」

晏小山詞：「户外絲楊春繫馬，牀前紅燭夜呼盧。」

東坡詩：「江上愁心千疊山。」

梁任公云：此南渡之感。

南鄉子 登京口北固亭有懷

何處望神州。滿眼風光北固樓。千古興亡多少事，悠悠。不盡長江滾滾流。

年少萬兜鍪。坐斷東南戰未休。天下英雄誰敵手，曹劉。生子當如孫仲謀。

【箋評】

李益詩：「聞道風光滿揚子，天晴共上望鄉樓。」

杜詩：「無邊落木蕭蕭下，不盡長江滚滚來。」

《三國志》：天下英雄，使君與操耳！又，生子當如孫仲謀，若劉景升諸子，直豚犬耳！

稼軒詞以登覽爲第一，此詞濡染大筆，淋漓盡致；用事簡賅渾融，如讀王粲《英雄記》一部。

鷓鴣天

撲面征塵去路遥。香篝漸覺水沈消。山無重數週遭碧，花不知名分外嬌。人歷歷，馬蕭蕭。旌旗又過小紅橋。愁邊剩有相思句，摇斷吟鞭碧玉梢。

又

枕簟溪堂冷欲秋。斷雲依水晚來收。紅蓮相倚渾如醉，白鳥無言定是愁。書咄咄，且休休。一丘一壑也風流。不知筋力衰多少，但覺新來懶上樓。

菩薩蠻 書江西造口壁

鬱孤臺下清江水。中間多少行人淚。西北是長安。可憐無數山。　青山遮不住。畢竟東流去。江晚正愁余。山深聞鷓鴣。

【箋評】《鶴林玉露》云：「南渡初，金人追隆裕太后御舟至造口，不及而遠；鷓鴣之句，謂恢復之事行不得也。」

姜　夔 八首

點絳脣 丁未初過吴松作

雁燕無心，太湖西畔隨雲去。數峯清苦。商略黄昏雨。　第四橋邊，擬共天隨住。今何許。憑闌懷古。殘柳參差舞。

【箋評】唐陸龜蒙外號天隨子。

《蘇州府志》：甘泉橋一名第四橋，以泉品居第四也。

黄花庵云：白石詞極精妙，不減清真；其高處有美成所不能及！

張叔夏云：姜白石如野雲孤飛，去留無跡。

周止庵《宋四家詞選序》論云：白石胎稼軒，變雄健爲清剛，變馳驟爲疎宕；蓋二公皆極熱中，故氣味吻合；辛寬姜窄，寬故容薉，窄故門硬。

先遷甫云：意欲靈動，不欲晦澀，語欲隱秀，不欲纖佻，人工勝則天趣減；梅溪夢窗，自不能不讓白石出一頭地。

周止庵《介存齋論詞雜著》云：白石詞如明七子詩，看是高格，不耐人細思。

沈義父曰：白石清勁知音，亦未免有生硬處。

白石以前諸家之詞，不歸於穠麗，即依於醇肆；以風韻勝也！白石老仙之作，則矯穠麗爲清空，變醇肆爲疏雋；以意趣勝也！白石以前之作，尚有唐調；白石以下之作，純爲宋腔；此亦大關鍵處矣！然白石亦豪傑之士哉！

揚州慢

淳熙丙申至日，予過維揚。夜雪初霽，薺麥彌望。入其城則四顧蕭條，寒水自碧，暮色漸起，戍角悲吟，予懷愴然，感慨今昔，因自度此曲。千岩老人以爲有《黍離》之悲也。

淮左名都，竹西佳處，解鞍少駐初程。過春風十里，盡薺麥青青。自胡馬窺江去後，廢池喬木，猶厭言兵。漸黄昏，清角吹寒，都在空城。　杜郎俊賞，算而今重到須驚。縱豆蔻詞工，青樓夢好，難賦深情。二十四橋仍在，波心蕩，冷月無聲。念橋邊紅藥，年年知爲誰生。

【箋評】

鄭文焯曰：角藥夾協。又云：完顔亮南寇，江淮軍敗，中外震駭，亮尋爲其臣下殺於瓜州，此詞作於寇平後十六年，而景物蕭條，依然有廢池喬木之感！此詞次闋，隱括杜牧之詩意而成，如「豆蔻梢頭二月初」、「十年一覺揚州夢，贏得青樓薄倖名」、「二十四橋明月夜」，皆爲此所本，上闋「漸黄昏，清角吹寒，都在空城」，瘦硬通神，哀怨如訴。

念奴嬌

余客武陵，湖北憲治在焉。古城野水，喬木參天。余與二三友，日蕩舟其間，薄荷花而飲，意象幽閒，不類人境。秋水且涸，荷葉出地尋丈，因列坐其下。上不見日，清風徐來，綠雲自動。閒於疏處，窺見游人畫船，亦一樂也。朅來吳興，數得相羊荷花中，又夜泛西湖，光景奇絶，故以此句寫之。

鬧紅一舸，記來時嘗與鴛鴦爲侣。三十六陂人未到，水佩風裳無數。翠葉吹涼，玉容銷酒，更灑菰蒲雨。嫣然摇動，冷香飛上詩句。　日暮。青蓋亭亭，情人不見，争忍凌波去。只恐舞衣寒易落，愁入西風南浦。高柳垂陰，老魚吹浪，留我花間住。田田多少，幾回沙際歸路。

【箋評】周止庵以爲白石小序甚可觀，苦與詞複。愚案《詩》小序最短，漢賦序皆與正文連讀，絶不互犯；白石詞序太冗長，又過貪俊語，大有因文造情之意，此其所以爲辭人也歟？詞旨屬對以「翠葉吹涼，玉容銷酒」爲工，實則寫荷之神，宜在正面直尋，如杜詩：「菱葉荷花净如拭。」太白詩：「荷花嬌欲語，愁殺蕩舟人！」美成《青玉案》詞：「葉上初陽乾宿雨。水面清圓，一一風荷舉。」（此王静安説）白石則全用烘託借喻之法，墮入詠物窠臼中矣！此亦北宋、南宋之鴻溝也。末二語「田田多少，幾回沙際歸路」，則意盡力疲，中邊枯淡，無餘味矣。

長亭怨慢

余頗喜自製曲，初率意爲長短句，然後協以律，故前後闋多不同。桓大司馬云：「昔年種柳，依依漢南；今看摇落，悽愴江潭。樹猶如此，人何以堪！」此語余深愛之。

漸吹盡枝頭香絮。是處人家，緑深門户。遠浦縈回，暮帆零亂向何許。閲人多矣，誰得似長亭樹。樹若有情時，不會得青青如此。　日暮。望高城不見，只見亂山無數。韋郎去也，怎忘得玉環分付。第一是早早歸來，怕紅萼無人爲主。算空有并刀難剪，離愁千縷。

【箋評】

《雲溪友議》云：韋皋游江夏，與青衣玉簫有情，約七年再會，留玉指環；八年不至，玉簫絶食而殁，後得一歌姬，真如玉簫，中指肉隱如玉環。

按環與指環有别，《事物紀原》瑞應圖云：黄帝時西王母獻白環，舜時又獻之，此環者，腰佩之環也。《春秋繁露》云：紂刑鬼侯取其指環，此約指之環也。《五經要義》云：古者后妃羣妾御於君，所當御者，以銀環進之；娠則金環退之；進者著右手，退者著左手，今有指環，此其遺也。

白石所詠之韋郎玉簫爲玉指環，何可不分皂白，漫云玉環；如曰玉環即玉環，究嫌晦滯不明，亦小疵也。

此詞序佳詞亦佳，勝《暗香》《疏影》多矣！

翠樓吟

淳熙丙午冬，武昌安遠樓成，與劉去非諸友落之，度曲見志。余去武昌十年，故人有泊舟鸚鵡洲者，聞小姬歌此詞，問之，頗能道其事。還吴，爲余言之。興懷昔遊，且傷今之離索也。

月冷龍沙，塵清虎落，今年漢酺初賜。新翻胡部曲，聽氈幕元戎歌吹。層樓高峙。看檻曲縈紅，檐牙飛翠。人姝麗。粉香吹下，夜寒風細。　此地宜有詞仙，擁素雲黄鶴，共君游戲。玉梯凝望久，但芳草萋萋千里。天涯情味。仗酒祓清愁，花消英氣。西山外，晚來還捲，一簾秋霽。

【箋評】

「人姝麗，粉香吹下，夜寒風細。」奇麗極矣！覺蕭繹之「衣香知步近」尚遜一籌！

安遠樓即武昌南樓。

王静安云：白石《翠樓吟》，「此地宜有詞仙，擁素雲黄鶴，共君游戲！玉梯凝望久！嘆芳草萋萋千里。」便是不隔，至「酒祓清愁，花消英氣」，則隔矣！

一萼紅

丙午人日，余客長沙别駕之觀政堂。堂下曲沼，沼西負古垣，有盧橘幽篁，一徑深曲；穿徑而南，官梅數十株，如椒如菽，或紅破白露，枝影扶疏。著屐蒼苔細石間，野興横生，亟命駕登定王臺，亂湘流入麓山。湘雲低昂，湘波容與，興盡悲來，醉吟成篇。

古城陰，有官梅幾許，紅萼未宜簪。池面冰膠，牆腰雪老，雲意還又沈沈。翠藤共閒穿徑竹，漸笑語驚起卧沙禽。野老林泉，故王臺榭，呼唤登臨。南去北來何事，蕩湘雲楚水，目極傷心。朱户黏雞，金盤簇燕，空嘆時序侵尋。記曾共西樓雅集，想垂柳還嫋萬絲金。待得歸鞍到時，只怕春深。

【箋評】《方輿勝覽》云：定王臺在潭州，俗傳漢長沙定王載米博長安土，築臺於此，以望其母唐姬；張安國名曰定王臺，自爲書扁。

《歲時記》：人日貼畫雞於户，懸葦索其上，插符於旁，百鬼畏之。

周止庵云：白石號爲宗工，然亦有俗濫處，如《揚州慢》「淮左名都，竹西佳處」；寒酸處，如《法曲獻仙音》「象筆鸞箋，甚而今不道秀句」；補湊處，如《齊天樂》「豳詩漫與！笑籬落呼燈，世間兒女」；敷衍處，如《淒涼犯》「追念西湖上」半闋；支處，如《湘月》「舊家樂事誰省」；複處，如《一萼紅》「翠藤共閒穿徑竹」，「記曾共西樓雅集」。不可不知！

此詞安雅，筆墨絶去蹊徑，學人之語也。

琵琶仙

《吴都賦》云：「户藏煙浦，家具畫船。」惟吴興爲然。春游之盛，西湖未能過也。己酉歲，余與蕭時父載酒南郭，感遇成歌。

雙槳來時，有人似舊曲桃根桃葉。歌扇輕約飛花，蛾眉正奇絶。春漸遠汀洲自緑，更添了幾聲啼鴂。十里揚州，三生杜牧，前事休説。又還是宫燭分煙，奈愁裏悤悤換時節。都把一襟芳思，與空階榆莢。千萬縷藏鴉細柳，爲玉尊起舞回雪。想見西出陽關，故人初别。

【箋評】

王獻之《桃葉歌》：「桃葉復桃葉，渡江不用楫！ 但渡無所苦，我自來迎接。」

李義山詩：「桃葉桃根雙姊妹。」

杜牧之詩：「春風十里揚州路，卷上珠簾總不如！」

韓君平詩：「日暮漢宫傳蠟燭，輕煙飛入五侯家。」

張叔夏云：「白石《琵琶仙》，少游《八六子》，全在情景交鍊，得言外意。」

何遜詩：「團扇承落花，復持掩餘笑。」「歌扇輕約飛花」用此。

八　歸　湖中送胡德華

芳蓮墜粉，疎桐吹緑，庭院暗雨乍歇。無端抱影銷魂處，還見篠牆螢暗，蘚階蛩切。送客重尋西去路，問水面琵琶誰撥。最可惜一片江山，總付與啼鴂。　長恨相從未款，而今何事，又對西風離别。渚寒煙淡，棹移人遠，縹緲行舟如葉。想文君望久，倚竹愁生步羅襪。歸來後，翠尊雙飲，下了珠簾，玲瓏閒看月。

【箋評】

從謝朓《玉階怨》、李賀《文君詠》融化成次闋，幽豔雋華。

麥蛻庵云：全首一氣到底，刀揮不斷！

史達祖 六首

綺羅香 春雨

做冷欺花，將煙困柳，千里偷催春暮。盡日冥迷，愁裏欲飛還住。驚粉重，蝶宿西園，喜泥潤，燕歸南浦。最妨他佳約風流，鈿車不到杜陵路。沈沈江上望極，還被春潮晚急，難尋官渡。隱約遥峯，和淚謝娘眉嫵。臨斷岸，新緑生時，是落紅，帶愁歸處。記當日門掩梨花，翦燈深夜語。

【箋評】

孫月坡云：詞中四字對句，最要凝鍊；如史梅溪云：「做冷欺花，將煙困柳！」只八個字，已將春雨畫出。

黄蓼園云：結二語寫得幽閒貞静，怨而不怒。

黄花庵云：「臨斷岸」以下數語，最爲姜堯章所稱。

周止庵云：梅溪甚有心思，而用筆多涉尖巧，非大方家數；所謂一鉤勒即薄者。又云：梅溪詞中善用「偷」字，足以定其品格矣。

戈順卿云：予嘗謂梅溪乃清真之附庸；若仿張爲作《詞家主客圖》，周爲主，史爲客，未始非定論也。

雙雙燕 詠燕

過春社了，度簾幕中間，去年塵冷。差池欲往，試入舊巢相並。還相雕梁藻井。又軟語商量不定。飄然快拂花梢，翠尾分開紅影。　芳徑。芹泥雨潤，愛貼地争飛，競誇輕俊。紅樓歸晚，看足柳昏花暝，應自棲香正穩。便忘了天涯芳信。愁損翠黛雙蛾，日日畫闌獨憑。

【箋評】

鄭叔問云：史梅溪《雙雙燕》「還相雕梁藻井」，按《表異録》：綺井亦名藻井，又名門八，今俗曰天花板也。

戈順卿云：美則美矣！而其韻庚青雜入真文，究爲玉瑕珠纇！

黄蓼園云：棲香下至來，似指朋友間有不能踐言者。

王漁洋云：僕每讀史邦卿詠燕詞，以爲詠物至此，人巧極，天工錯矣！小詞詠物，雖極精工，已墮小家氣習，此詞所狀之燕，如「貼地争飛，競誇輕俊」，有似潘岳拜路塵矣！「紅樓歸晚，看足柳昏花暝！」有似張毅高門懸簿，無不往矣！得非夫子自道其爲熱中者乎？

愚按此詞混用庚青入真文，戈順卿之言是也！此詞中之「冷」「井」「影」，周詞韻中清明韻上聲；「定」「暝」「並」「憑」屬詞韻中清明韻去聲；「潤」「俊」「信」屬詞韻中真文韻去聲；「穩」屬詞韻中真文上聲。考《菉斐軒詞韻》爲宋人奉行惟一之詞韻，阮芸臺《四庫未收書目》列有此詞韻，嘆爲珍貴罕見！近人繆荃孫得宋本《菉斐軒詞林韻釋》，曾翻刻之於徐氏家刻本中，余篋中有此，擬爲附印《詞心箋評》之後，終以不合體例而止；然此詞韻，遠在戈順卿《詞林正韻》之上，可無疑也！梅溪之詞，雜用宋詞韻第七部第十五部，宜來戈氏之譏，不獨爲美玉微瑕，明珠細纇而已也。

楊慎《詞品》云：沈約之韻，未必悉合聲律，而今詩人守之如金科玉律，此無他，今之詩學李杜，李杜學六朝，往往用沈韻，故相習不能擇也。若作填詞，自可通變，如「朋」字與「蒸」字同押，「打」字與「等」同押，「卦」字「畫」字與「怪」「壞」同押，乃是鴂舌之病！豈可以爲法耶？（中略)東坡《一斛珠》云:「洛城春晚。垂楊亂掩紅樓半。小池輕浪紋如篆。燭下花前,曾醉離歌宴。自惜風流雲雨散。關山有限情無阻,待君重見尋芳伴。爲説相思,目斷西樓燕。」「篆」字沈韻在「上聲」,本屬鴂舌,坡特正之也。蔣捷《元夕女冠子》云:「蕙花香也,雪晴池館如畫。春風飛到寶釵樓上,一片笙簫,琉璃光射,而今燈漫挂。不是暗塵明月,那時元夜。況年來心懶意怯,羞與鬧蛾兒爭耍。江城人悄初更打。問繁華。誰解再向天公借。剔殘紅灺,但夢裏隱隱鈿車羅帕。吴箋銀粉,待把舊家風景,寫成閒話。笑綠鬟鄰女倚窗,猶唱夕陽下。」是駁正沈韻畫及挂話及打字之謬。晁叔用《感皇恩》云:「寒食不多時,牡丹初賣。小院重簾燕飛礙。昨宵風雨,尚有一分春在。今朝猶自得陰晴快。熟睡起來,宿酲微帶。不惜羅襟揾眉黛。日長梳洗,看着花影移改。笑拈雙杏子連枝帶。」此詞連用數韻,酌古斟今尤妙。

玉胡蝶

晚雨未摧宫樹,可憐閒葉,猶抱涼蟬。短景歸秋,吟思又接愁邊。漏初長,夢魂難禁。人漸老,風月俱寒。想幽歡土花庭甃,蟲網闌干。無端啼蛄攪夜,恨隨團扇,苦近秋蓮。一笛當樓,謝娘懸淚立風前。故園晚,强留詩酒。新雁遠,不致寒暄。隔蒼煙，楚香羅袖，誰伴嬋娟。

【箋評】

王臨川詩：「鳴蟬更亂行人耳，正抱疎桐葉半黄！」

李昌谷詩：「三十六宫土花碧。」

江淹《擬張華離情詩》：「玉臺生網絲。」

賀方回詞：「紅衣落盡芳心苦。」

陳亦峯云：「一笛當樓，謝娘懸淚立風前。」幽怨似少游，清切如美成，合而化矣！

桃源憶故人 桃花

明霞烘透春機杼。春在明霞多處。我是有詩漁父。一夢秦天古。　柳枝巷陌深朱户。牆外風流一樹。十五年來凝佇。彈盡胭脂雨。

臨江仙

史達祖

草脚青回細膩，柳梢緑轉條苗。舊遊重到合魂銷。棹横春水渡，人憑赤闌橋。

歸夢有時曾見，新愁未肯相饒。酒香紅被夜迢迢。莫交無用月，來照可憐宵。

又 閨思

愁與西風應有約，年年同赴清秋。舊遊簾幕記揚州。一燈人著夢，雙雁月當樓。羅帶鴛鴦塵暗澹，更須整頓風流。天涯萬一見温柔。瘦應因此瘦，羞亦爲郎羞。

【箋評】梅溪之豔，近於纖豔，如：「莫交無用月，來照可憐宵！」「瘦應因此瘦，羞亦爲郎羞！」殆所謂唱小曲者矣！

俞國寶 一首

風入松

一春長費買花錢。日日醉湖邊。玉驄慣識西湖路，驕嘶過沽酒樓前。紅杏香中簫鼓，緑楊影裏秋千。暖風十里麗人天。花壓鬢雲偏。畫船載取春歸去，餘情付湖水湖煙。明日重扶殘醉，來尋陌上花鈿。

【箋評】《武林舊事》云：淳熙間，德壽三殿遊幸湖山，一日御舟經斷橋，旁有小酒肆頗雅，舟中飾素屏，書《風入松》一詞於上；光堯駐目稱賞久之，宣問何人所作，乃太學生俞國寶醉筆也！上笑曰：「此詞甚好！但末句殘酒，未免儒酸！」因爲改定云：「明日重扶殘醉」，則迥不同矣！即日命解褐云。

吴文英 十一首

宴清都 連理海棠

繡幄鴛鴦柱。紅情密，膩雲低護秦樹。芳根兼倚，花梢鈿合，錦屏人妒。東風睡足交枝，正夢枕瑶釵燕股。障灩蠟滿照歡叢，嫠蟾冷落羞度。人間萬感幽單，華清慣浴，春盎風露。連鬟並暖，同心共結，向承恩處。憑誰爲歌長恨，暗殿鎖秋燈夜語。敍舊期，不負春盟，紅朝翠暮。

【箋評】

陳述叔云：此詞寄託高遠，其用筆運意，奇幻空靈，離合反正，精力彌滿；若徒賞其鎔鍊，則失之矣！「人間萬感幽單」一句，將全篇精神振起；「華清慣浴，春盎風露。」有好色不與民同樂意，天寶之不爲靖康者幸耳！此段意理全類稼軒，可以證周氏由北開南之説；稼軒豪雄，夢窗穠摯，可以證周氏由南追北之説；詠物最稱碧山，然如此等作，足使碧山有望回之嘆！

周止庵《介存齋論詞雜著》云：尹惟曉前有清真後有夢窗之説，可謂知言；夢窗每於空際轉身，非具大神力不能！又云：夢窗非無生澀處，總勝空滑；況其佳者，天光雲影，摇蕩緑波；撫玩無斁，追尋已遠！又云：君特意思甚愀慨，而寄情閒散，使人不能測其中之所有。

戈順卿云：夢窗晚年好填詞，以綿麗爲尚，運意深遠，用筆幽邃；鍊字鍊句，迥不猶人！貌覯之雕繪滿眼，而實有靈氣行乎其間。

況夔笙云：近人學夢窗，輒從密處入手；夢窗密處，能令無數麗字一一生動飛舞，如萬花爲春，非若雕瓊蹙繡，毫無生氣也！如何能運動無數麗字？恃聰明，尤恃魄力；如何能有魄力？唯厚乃有魄力！夢窗密處易學，厚處難學。又云：重者沈著之謂，在氣格不在字句，於夢窗詞庶幾近之！即其芬菲鏗麗之作，中間雋豔字句，莫不有沈摯之思，灝瀚之氣，挾之流轉，令人玩索而不能盡！則其中之所存者厚。沈著者，厚之發見乎外者也。欲學夢窗之緻密，先學夢窗之沈著；蓋緻密即沈著，非出乎緻密之外，超乎緻密之上別有沈著也！夢窗與蘇辛二公實殊流而同源，其見爲不同，則夢窗密緻其外耳！其至高至勝處，雖擬議形容之，未易得其神似；穎慧之士，束髮操觚，勿輕言學夢窗也。

夢窗具沈摯之思，備灝瀚之氣；外沈著而內密緻，尚氣格不矜字句；蕙風之論，可謂精確！流俗不解夢窗者，均誤於玉田「七寶樓臺，眩人眼目；拆碎下來，不成片段」一語，玉田之意，服其砌瓊疊瑤，具有建築淩雲臺手段；淩雲臺寸木寸石，皆須銖兩相稱，始能盡其能事；如論拆碎來不成片段，即一切建築，一經拆卸，莫不然矣！

此詞字面生峭雋麗，如「芳根」用徐凝詩「芳林盡是相思樹」意；「灩蠟」用燭淚紅傾之意；「嫠蟾」用杜詩「斟酌嫦娥寡」之意；「幽單」字面用孟郊詩「老客志氣單」詩意；極爲生撰，乃夢窗一家所獨有！人言夢窗似李長吉、李義山，愚意夢窗頗似孟東野，如「嫠蟾」、「幽單」等字面，與貞曜之霜吹，商葩，商蟲，貞芳，乾鐵，白苔，瑤嘶，孀啼，霜芬，血聲，凍血，迸螢，哭花，舜琯，酸腸，冰淩，峭病，霞衣，閃怪，狂僧，楚淚，鏡浪，霜哀，破懷，峭魂，哭絃，恨涕，幽噫，愁盤等，有何異耶？東野年老無子，以詩自肆；夢窗年老妾亡(謂逃亡)，以詞自恣；其處境略同，兩人皆若含有深哀邈恨，鬱勃衝蕩，非用極生辣凄幽之字不足以表其靈感於萬一者！此其文學成就，所以絶異於人者也。大文學家抒情文字，各有各之色彩，符號，聲調，決非貌襲他人者；使爲貌襲，則色彩不勻，符號不一，聲調不貫，此所以東野詩不容第二人再效，夢窗詞不許第二人更作也。

霜葉飛　重九

斷煙離緒關心事，斜陽紅隱霜樹。半壺秋水薦黃花，香噀西風雨。縱玉勒輕飛迅羽。淒涼誰弔荒臺古。記醉踏南屏，綵扇咽，寒蟬倦夢，不知蠻素。聊對舊節傳杯，塵箋蠹管，斷閿經歲慵賦。小蟾斜影轉東籬，夜冷殘蛩語。早白髮緣愁萬縷。驚飈從捲烏紗去。漫細將，茱萸看，但約明年，翠微高處。

【箋評】陳述叔云：彩扇屬蠻素，倦夢屬寒蟬，徒聞寒蟬，不見蠻素，髣髴其歌扇耳！今則更成倦夢，故曰「不知」，兩句神理結成一片，所謂關心事者如此。

陳亦峯云：有筆力！有感慨！淒涼處只一二語，已覺秋聲四起。

齊天樂

煙波桃葉西陵路，十年斷魂潮尾。古柳重攀，輕鷗聚別，陳跡危亭獨倚。涼颸乍起。渺煙磧飛帆，暮山横翠。但有江花，共臨秋鏡照憔悴。　華堂燭暗送客，眼波回盼處，芳豔流水。素骨凝冰，柔蔥蘸雪，猶憶分瓜深意。清尊未洗。夢不濕行雲，漫沾殘淚。可惜秋宵，亂蛩疏雨裏。

【箋評】

陳述叔云：送客者，送妾也；柳渾侍兒名琴客，故以客稱妾；《新雁過妝樓》之「宜城當時放客」，《風入松》之「舊曾送客」，《尾犯》之「長亭曾送客」，皆此「客」字。眼波回盼，是將去時之客；素骨凝冰，柔蔥蘸雪，是未去時之客；猶憶分瓜深意，別後始覺不祥，極幽抑怨斷之致，豈其人於此時已有去志乎？

鶯啼序　春晚感懷

殘寒正欺病酒，掩沈香繡户。燕來晚，飛入西城，似説春事遲暮。畫船載清明過卻，晴煙冉冉吳宫樹。念羈情遊蕩，隨風化爲輕絮。　十載西湖，傍柳繫馬，趁嬌塵軟霧。遡紅漸招入仙溪，錦兒偷寄幽素。倚銀屏，春寬夢窄，斷紅濕歌紈金縷。暝隄空，輕把斜陽，總還鷗鷺。　幽蘭旋老，杜若還生，水鄉尚寄旅。別後訪六橋無信，事往花萎，瘞玉埋香，幾番風雨。長波妒盼，遥山羞黛，漁燈分影春江宿，記當時短楫桃根渡。青樓彷彿，臨分敗壁題詩，淚墨慘淡塵土。危亭望極，草色天涯，嘆鬢侵半苧。暗點檢離痕歡唾，尚染鮫綃。嚲鳳迷歸，破鸞慵舞。殷勤待寫，書中長恨，藍霞遼海沈過雁，漫相思彈入哀箏柱。傷心千里江南，怨曲重招，斷魂在否。

【箋評】

陳述叔云：第一段傷春起，卻藏過傷別，留作第三段點睛；燕子畫船，含無限情事，清明吴宫，是其最難忘處。第二段十載西湖提起，而以第三段水鄉尚寄旅作鉤勒；「記當時短楫桃根渡」，「記」字逆出，將第二段情事盡銷納此一句中。臨分淚墨，十載西湖，乃如此了矣！臨分於别後爲倒應，别後於臨分爲逆提；「漁燈分影」於水鄉爲複筆，作兩番鉤勒，筆力最渾厚。「危亭望極，草色天涯」，遥接「長波妒盼，遥山羞黛」。「望」字遠情，「嘆」字近況，全篇神理，只消此二字。「歡唾」是第二段之歡會，「離痕」是第三段之臨分；「傷心千里江南，怨曲重招，斷魂在否」應起段「遊蕩隨風，化爲輕絮」作結。通體離合變幻，一片淒迷，細繹之，正字字有脈絡，然得其門者寡矣。

「錦兒偷寄幽素。」韓偓有寄錦兒詩，錦兒，女子名，與偓初戀而繼别者；偓詩云：「一尺紅綃一首詩，贈君相別兩相思。畫眉今日空留語，解佩他年更可期。臨去莫論交頸意，清歌休著斷腸詞！出門何事仍惆悵，曾夢良人折桂枝。」

「鬢侵半苧。」苧，白苧也；鬢侵半苧，謂兩鬢半白。

「離痕歡唾。」《飛燕外傳》：后唾婕妤袖，婕妤曰：「姊唾染人紺碧，正似石上華！」

高陽臺 落梅

宮粉雕痕，仙雲墮影，無人野水荒灣。古石埋香，金沙鎖骨連環。南樓不恨吹横笛，恨曉風千里關山。半飄零，庭上黄昏，月冷闌干。壽陽空理愁鸞。問誰調玉髓，暗補香瘢。細雨歸鴻，孤山無限春寒。離魂難倩招清些，夢縞衣解佩溪邊。最愁人，啼鳥晴明，葉底清圓。

【箋評】

《拾遺記》：孫和於月下舞水精如意，誤傷鄧夫人頰，以白獺髓雜玉與琥珀屑醫之，乃滅其瘢痕。

陳亦峯云：夢窗《高陽臺》一篇，既幽怨，又清虚，政欲突過中仙詠物諸篇，集中最高之作。

又豐樂樓分韻得如字

脩凝竹妝，垂楊駐馬，憑闌淺畫成圖。山色誰題，樓前有雁斜書。東風緊送斜陽下，弄舊寒晚酒醒餘。自消凝，能幾花前，頓老相如。　傷春不在高樓上，在燈前欹枕，雨外熏鑪。怕檥遊船，臨流可奈清臞。飛紅若到西湖底，攪翠瀾總是愁魚。莫重來，吹盡香緜，淚滿平蕪。

【箋評】

《武林舊事》云：豐樂樓在湧金門外，舊爲豐樂亭，又改聳翠樓，爲朝紳同年人會拜鄉會之地；吴夢窗嘗大書所作《鶯啼序》於壁，一時爲人傳誦。

陳述叔云：「淺畫成圖」，半壁偏安也；「山色誰題」，無與託國者。「東風緊送」，則危急極矣！「凝妝駐馬」，依然歡會，酒醒人老，偏念舊寒，燈前雨外，不禁傷春矣！「愁魚」殃及池魚之意，「淚滿平蕪」，城邑邱墟，高樓何有焉？故曰「傷春不在高樓上」，是吴詞之極沈痛者。

乙酉上巳禊集成都武侯祠，時美總統羅斯福新逝，美對華外交有遷變訊，而頑鄰尚無降服之意，誦夢窗此詞，愈加感喟；因用其韻倚和一闋，附記於此。內心之感相同，不敢以嫫母之容，唐突臨鏡之西子也。詞云：「翠柏森虬，雕梁並燕，妍春細數花鬚。羽扇誰揮？碧甌芳樹相娛！家山久隔棠梨笑，漬酒痕怕檢裙裾。乍重三，臨水難歡，攬蕙堪吁！春陰正暗芳菲節，聽啼鵑萬里，孤館愁余！報拆秋千，後園草滿金鋪。羅衣著破前香在，盼東風再拂紅氍。待殷勤，說與相思，錦水雙魚。」

八聲甘州 靈巖陪庾幕諸公遊

渺空煙四遠是何年，青天墜長星。幻蒼崖雲樹，名娃金屋，殘霸宮城。箭徑酸風射眼，膩水染花腥。時靸雙鴛響，廊葉秋聲。宮裏吴王沈醉，倩五湖倦客，獨釣醒醒。問蒼波無語，華髮奈山青。水涵空闌干高處，送亂鴉斜日落漁汀。連呼酒上琴臺去，秋與雲平。

【箋評】

《吴郡圖經續記》云：研石山在吴縣西三十一里，山上舊傳有琴臺，又有響屧廊，或曰鳴屐廊；廊以楩柟藉地，西子行則有聲，故名。

麥孺博云：奇情壯采。

此詞空盤橫硬語，以石起興，以石終篇；青天墜長星，石也；蒼崖，金屋，宮城，皆石上物也；呼酒上琴臺，琴臺亦石也；結構絶奇！

浣溪沙

門隔花深舊夢游。夕陽無語燕歸愁。玉纖香動小簾鉤。　落絮無聲春墮淚，行雲有影月含羞。東風臨夜冷於秋。

【箋評】　李後主詞云：「纔過清明，早覺傷春暮！」李易安詞云：「春意看花難，西風留舊寒！」夢窗此詞云：「東風臨夜冷於秋。」詞人善感，有如是者！

風入松

聽風聽雨過清明。愁草瘞花銘。樓前緑暗分攜路，一絲柳，一寸柔情。料峭春寒中酒，交加曉夢啼鶯。　西園日日掃林亭。依舊賞新晴。黄蜂頻撲秋千索，有當時纖手香凝。惆悵雙鴛不到，幽階一夜苔生。

【箋評】

陳述叔云：思去妾也！此意集中屢見，《渡江雲》題云：「西湖清明」，是邂逅之始；此則別後第一箇清明也。「樓前緑暗分攜路」，此時覺翁當仍寓西湖，風雨新晴，非一日間事，除了風雨，即是新晴，蓋云我只如此度日，掃林亭猶望其還賞，則無聊消遣；見秋千而思纖手，因蜂撲而念香凝，純是癡望神理！雙鴛不到，猶望其到，一夜生苔，蹤跡全無；則日日惆悵而已！

踏莎行

潤玉籠綃，檀櫻倚扇，繡圈猶帶脂香淺。榴心空疊舞裙紅，艾枝應壓愁鬟亂。午夢千山，窗陰一箭，香瘢新褪紅絲腕。隔江人在雨聲中，晚風菰葉生秋怨。

【箋評】

王静安云：介存謂夢窗之佳者，如天光雲影，摇蕩緑波，撫玩無極，追尋已遠；余覽《夢窗甲、乙、丙、丁稿》中，實無足以當此者，有之，其「隔江人在雨聲中，晚風菰葉生秋怨」乎？

唐多令

何處合成愁，離人心上秋。縱芭蕉不雨也颼颼。都道晚涼天氣好，有明月。怕登樓。年事夢中休。花空煙水流。燕辭歸客尚淹留。垂柳不縈裙帶住，漫長是，繫行舟。

【箋評】

張叔夏云：此詞疎快不質實。

陳述叔云：玉田不知夢窗，乃欲拈出此闋牽彼就我，無識者羣聚而和之，遂使四明絶調，沈没幾六百年，可嘆！

黄孝邁　一首

湘春夜月

近清明，翠禽枝上消魂。可惜一片清歌，都付與黄昏。欲共柳花低訴，怕柳花輕薄，不解傷春。念楚鄉旅宿，柔情别緒，誰與温存。

空尊夜泣，青山不語，殘照當門。翠玉樓前，惟是有一波湘水，摇蕩湘雲。天長夢短，問甚時重見桃根。者次第，算人間没箇，并刀翦斷，心上愁痕。

【箋評】

萬紅友云：風度婉秀，真佳詞也。庾肩吾詩：「看粧畏水動，歛袖避風吹！」此詞「一波湘水，摇動湘雲」，蓋指女子臨湘水自照其影也，故下接「重見桃根」句。

許棐 一首

喜遷鶯

鳩雨細，燕風斜。春悄謝娘家。一重簾外即天涯。何必暮雲遮。　釧金寒，釵玉冷。薄醉欲成還醒。一春梳洗不簪花。孤負幾韶華。

周文璞 一首

浪淘沙 題酒家壁

還了酒家錢。便好安眠。大槐宮裏著貂蟬。行到江南知是夢，雪壓漁船。　盤薄古梅邊。也是前緣。鵝黄雪白又醒然。一事最奇君記取，明日新年。

周密

曲游春 一首

禁煙湖上薄遊，施中山賦詞甚佳，余因次其韻。蓋平時游舫至午後則盡入裏湖，抵暮始出，斷橋小駐而歸，非習於游者不知也。故中山亟擊節余「閒卻半湖春色」之句，謂能道人之所未云。

禁苑東風外，飄晴絲暖絮，春思如織。燕約鶯期，惱芳情偏在，翠深紅隙。漠漠香塵隔。沸十里亂絲叢笛。看畫船盡入西泠，閒卻半湖春色。　柳陌新煙凝碧。映簾底宮眉，隄上游勒。輕暝籠寒，怕梨雲夢冷，杏愁香冪。歌管酬寒食。奈蝶怨良宵岑寂。正滿湖碎月摇花，怎生去得。

【箋評】

《武林舊事》云：都城自過燒燈，貴遊巨室，皆争先出郊，謂之探春，至禁煙爲最盛。兩隄駢集，幾於無置足地，水面畫舫比如魚鱗，亦無行舟之路，歌戲簫鼓之聲，振動遠近，其盛可以想見！　若游之次第，則先南而後北，至午則盡入西泠橋裏湖，其外幾無一舸矣。弁陽老人有詞：「看畫船盡入西泠，閒卻半湖春色。」蓋紀實也。　既而小泊斷橋，千舫駢聚，歌管絃奏，粉黛羅列，最爲繁盛；橋上少年郎競縱紙鳶，以相鈎牽剪截，以綫絶者爲負；此雖小技，亦有專門；爆仗起輪走綫之戲，多設於此；至花影暗而月華生，始漸散去，絳紗籠燭，車馬争鬨，日以爲常。

張良臣《西湖詩》云：「鳳城日晚人争路，猶有胡琴落後船！」讀草窗《曲游春》「怎生去得」，可以參知！

張炎

高陽臺 西湖春感

接葉巢鶯，平波捲絮，斷橋斜日歸船。能幾番游，看花又是明年。東風且伴薔薇住，到薔薇春已堪憐。更淒然，萬緑西泠，一抹荒煙。當年燕子知何處，但苔深葦曲，草暗斜川。見説新愁，如今也到鷗邊。無心再續笙歌夢，掩重門淺醉閒眠。莫開簾，怕見飛花，怕聽啼鵑。

【箋評】

陳亦峯云：玉田《高陽臺》淒涼幽怨，鬱之至，厚之至，與碧山如出一手，樂笑翁集中亦不多覯。

沈約齋云：詞貴愈轉愈深，稼軒云：「是他春帶愁來，春歸何處？卻不解帶將愁去！」玉田云：「東風且伴薔薇住，到薔薇春已堪憐！」下句即從上句轉出，而意更深遠。

戈順卿云：學玉田以空靈爲主，但學其空靈而筆不轉深，則其意淺，非流於滑，即入於孏。玉田以婉麗爲宗，但學其婉麗，而句不鍊精，則其音卑，非近於弱即近於孏矣！故善學之，則得門而入，升其堂，造其室，即可與清真、白石、夢窗諸公互相鼓吹，否則浮光掠影，貌合神離，仍是門外漢而已！

長亭怨慢

望花外小橋流水，門巷悄然，玉簫聲絶。鶴去臺空，佩環何處弄明月。十年前事愁千折。心情頓別。露粉風香誰爲主，都成消歇。　淒咽。曉窗分袂處，同把帶鴛親結。江空歲晚，肯忘了尊前曾説。恨西風不庇寒蟬，便掃了一林殘葉。謝楊柳多情，還有緑陰時節。

【箋評】項蓮生最愛玉田「恨西風不庇寒蟬，便掃了一林殘葉」二語。

甘州

辛卯歲，沈堯道同余北歸，各處杭越。踰歲，堯道來問寂寞，語笑數日，又復別去。賦此曲，並寄趙學舟。

記玉關踏雪事清游。寒氣脆貂裘。傍枯林古道，長河飲馬，此意悠悠。短夢依然江左，老淚灑西州。一字無題處，落葉都愁。　載取白雲歸去，問誰留楚佩，弄影中洲。折蘆花贈遠，零落一身秋。向尋常野橋流水，待招來不是舊沙鷗。空懷感，有斜陽處，卻怕登樓。

【箋評】

譚復堂云：一氣旋折，作壯詞須識此法。白石嘤求稼軒，脱胎耆卿，此中消息，願與知音人參之。「一字無題處」二句恢詭，結有不著屠沽之妙。

西子妝

甲午春，寓羅江，與羅景良野遊江上，綠陰芳草，景況離離，因填此解。

白浪摇天，清陰漲地，一片野情幽意。楊花點點是春心，替風前萬花吹淚。遥岑寸碧，有誰看朝來清氣。自沈吟，甚流光輕把，繁華如此。　斜陽外，隱約孤村，隔塢閒門閉。漁舟何事暮歸來，想桃源路通人世。危欄静倚。千年事都消一醉，漫依依，愁落鵑聲萬里。

王沂孫

天香　四首

龍涎香

孤嶠蟠煙，層濤蜕月，驪宫夜采鉛水，汎遠槎風，夢深薇露，化作斷魂心字。紅磁候火，還乍識冰環玉指。一縷縈簾翠影，依稀海天雲氣。　幾回殢嬌半醉，翦風燈夜寒花碎。更好故溪飛雪，小窗深閉。荀令如今頓老，總忘卻尊前舊風味。漫惜餘薰，空篝素被。

【箋評】

許蒿盧云：　諸香龍涎爲最，出大食國，近海傍常有雲氣罩山間，即知有龍睡；下半載或一二載，土人更相守視，候雲散龍去，往必得龍涎。又一説大洋海中，龍在其下湧出之涎，爲日所爍，或片風漂至，岸人得取之。《嶺南雜記》：　龍枕石而睡，涎沫浮水，積而能堅；鮫人採之以爲至寶。新者色白，久者色紫，甚久則黑，其氣近於臊；形如浮石而輕，膩理光澤，入香焚之，則翠煙浮空，結而不散；又不和羣香焚之，能聚香煙，縷縷不散，蓋龍能興雲，亦蜃氣樓臺之類也。

周止庵《介存齋論著》云：中仙最多故國之感，故著力不多，天分高絶，所謂意能尊體也。

況夔笙云：初學作詞，最宜讀《碧山樂府》，如書中歐陽信本，準繩規矩極佳！二晏如右軍父子，賀方回如李北海，白石如虞伯施，而雋上過之，公謹如登善，夢窗如魯公，稼軒如誠懸，玉田如趙文敏。

陳亦峯云：王碧山詞品最高，味最厚，意境最深，力量最重；感時傷世之言，而出以纏綿忠愛，詩中之曹子建、杜子美也。詞人有此，庶幾無憾！又云：詞法之密，無過清真；詞格之高，無如白石；詞味之厚，無過碧山；詞壇三絶也。

眉嫵 新月

漸新痕懸柳，淡穿彩花，依約破初暝。便有團圓意，深深拜，相逢誰在香徑。畫眉未穩。料素娥猶帶離恨。最堪愛，一曲銀鉤小。寶奩挂秋冷。千古盈虧休問。歎漫磨玉斧，難補金鏡。太液池猶在，淒涼處，何人重賦清景。故山夜永，試待他窺户端正，看雲外山河，還老桂華舊影。

【箋評】

張皋文云：碧山詠物諸篇，並有君國之憂，此喜君有恢復之志，而惜無賢臣也。

齊天樂　蟬

一襟餘恨宮魂斷，年年翠陰庭樹。乍咽涼柯，還移暗葉，重把離愁深訴。西窗過雨。怪瑤珮流空，玉筝調柱。鏡暗妝殘，爲誰嬌鬢尚如許。　銅仙鉛淚似洗，嘆移盤去遠，難貯零露。病翼驚秋，枯形閲世，消得斜陽幾度。餘音更苦。甚獨抱清商，頓成淒楚。漫想薰風，柳絲千萬縷。

【箋評】

李賀詩序云：魏明帝青龍元年八月，詔宮官牽車西取漢孝武捧露盤仙人，欲立至前殿。宮官既拆盤，仙人臨載，乃潸然淚下。

端木子疇云：詳味詞意，殆亦《黍離》之感耶？「宮魂」字點出命意。「乍咽」「還移」，慨播遷也。「西窗」三句，傷敵驕暫退，燕樂如故。「鏡暗」二句，殘破滿眼，而修養飾貌，側媚依然，衰世臣主，全無心肝，千古一轍也。「銅仙」三句，宗器重寶，均被遷徙，澤不下逮也。「病翼」二句，是痛哭流涕，大聲疾呼，言海島棲流，斷不能久也。「餘音」三句，遺臣孤憤，哀怨難論也。「漫想」三句，實諸臣到此尚安危利災，視若全盛也。

高陽臺 和周草窗寄越中諸友韻

殘雪庭陰，輕寒簾影，霏霏玉管春葭。小帖金泥，不知春是誰家。相思一夜窗前夢，奈箇人水隔天遮。但淒然滿樹幽香，滿地橫斜。江南自是離愁苦，況遊驄古道，歸雁平沙。怎得銀箋，殷勤說與年華。如今處處生芳草，縱憑高不見天涯。更消他幾度東風，幾度飛花。

【箋評】

張皋文云：此傷君臣晏安，不思國恥，天下將亡也。

王壬秋云：此等傷心語，詞家各自出新，實則一意，比較自知文法。

汪元量 一首

鶯啼序 重過金陵

金陵故都最好，有朱樓迢遞。嗟倦客又此憑高，檻外已少佳致。更落盡楊花，飛盡楊花，春也成憔悴。問青山三國英雄，六朝奇偉。　麥甸葵邱，荒臺敗壘，麓豕銜枯薺。正潮打孤城，寂寞斜陽影裏。聽樓頭哀笳怨角，把酒愁心先醉。漸夜深月滿秦淮，煙籠寒水。　悽悽慘慘，冷冷清清，燈火渡頭市。慨商女不知興廢，隔江猶唱庭花，餘音亹亹。傷心千古，淚痕如洗。烏衣巷口青蕪路，認依稀王謝舊鄰里。臨春結綺，可憐紅粉成灰，蕭索白楊風起。　因思疇昔，鐵索千尋，漫沈江底。揮扇障西塵，便好角巾私第。清談到底成何事。回首新亭，風景今如此。楚囚對泣何時已。嘆人間今古真兒戲。東風歲歲還來，吹入鍾山，幾重蒼翠。

【箋評】

許蒿盧云：慨古實以傷今，當與《麥秀》之歌、《黍離》之詩並傳。

劉辰翁　一首

蘭陵王　丙子送春

送春去，春去人間無路。秋千外，芳草連天，誰遣風沙暗南浦。依依甚情緒。漫憶海門飛絮。亂鴉過，斗轉城荒，不見來時試燈處。　春去最誰苦。但箭雁沈邊，梁燕無主。杜鵑聲裏長門暮。想玉樹凋土。淚盤如露。咸陽送客屢回顧。斜日未能度。春去。尚來否。正江令恨別，庾信愁賦。蘇隄盡日風和雨。嘆神遊故國，花記前度。人生流落，顧孺子，共夜語。

【箋評】夏承燾云：杭州破於德祐丙子之三月，辰翁集中，頗多送春詞，實皆悼故國之作；此詞迴環二疊，合蘇辛、周姜兩派詞風爲一手，可謂集宋詞之大成矣！

無名氏　十二首

醉公子

門外猧兒吠。知是蕭郎至。剗襪下香階，冤家今夜醉。　扶得入羅幃。不肯脱羅衣。醉則從他醉，還勝獨睡時。

【箋評】況夔笙云：煙花説有云，冤家之説有六：情深意濃，彼此牽繫，寧有死耳！不懷異心，所謂冤家者一。兩情相繫，阻隔萬端，心想魂飛，寢食俱廢，所謂冤家者二。長亭短亭，臨岐分袂，黯然魂銷，悲泣良苦，所謂冤家者三。山遥水遠，魚雁無憑，夢寐相思，柔腸寸斷，所謂冤家者四。憐新棄舊，孤恩負義，恨切惆悵，怨深刻骨，所謂冤家者五。一生一死，觸景悲傷，抱恨成疾，迨與俱逝，所謂冤家者六。此語雖鄙俚，亦余輩所樂聞耳。

楊升庵云：唐人《醉公子》，前輩謂可以悟詩法，或以問韓子蒼，子蒼曰，只是轉折多，且如剗襪下階，是一轉矣！而苦其今夜醉，又是一轉；喜其入羅幃，又是一轉；不肯脱衣，又是一轉；後兩句自開釋，又是一轉。

菩薩蠻

牡丹含露真珠顆。美人折向庭前過。含笑問檀郎。花强妾貌强。　檀郎故相惱。須道花枝好。一面發嬌嗔。碎挼花打人。

後庭宴

千里故鄉，十年華屋。亂魂飛過屏山簇。眼重眉褪不勝春，菱花知我銷香玉。

雙雙燕子歸來，應解笑人幽獨。斷歌零舞，遺恨清江曲。萬樹綠低迷，一庭紅撲簌。

擷芳詞

風搖蕩，雨濛茸。翠條柔弱花頭重。春衫窄。香肌濕。記得年時，共伊曾摘。都如夢。何曾共。可憐孤似釵頭鳳。關山隔。晚雲碧。燕兒來也，又無消息。

魚遊春水

秦樓東風裏。燕子還來尋舊壘。餘寒猶峭，紅日薄侵羅綺。嫩草方抽碧玉茵，媚柳輕窣黃金縷。鶯囀上林，魚游春水。幾曲闌干徧倚。又是一番新桃李。佳人應怪歸遲，梅妝淚洗。鳳簫聲絕沈孤雁，望斷清波無雙鯉。雲山萬重，寸心千里。

青玉案

年年社日停針線。怎忍見。雙飛燕。今日江城春已半。一身猶在，亂山深處，寂

無名氏

寞溪橋畔。春衫著破誰針綻。點點行行淚痕滿。落日解鞍芳草岸。花無人戴，酒無人勸，醉也無人管。

【箋評】

賀黄公云：詞有如張融危膝不可無一，不可有二者，如劉改之《天仙子》別妾是也。中云「馬兒不住去如飛，牽一憩，坐一憩」，又云：「去則是，住則是，煩惱自家煩惱你！」再若效顰，寧非打油惡道乎？至無名氏《青玉案》「落日解鞍芳草岸，花無人戴，酒無人勸，醉也無人管」，語淡而情濃，事淺而言深，真得詞家三昧。

眼兒媚

蕭蕭江上荻花秋。做弄許多愁。半竿落日，兩行新雁，一葉扁舟。惜分長怕君先去，直待醉時休。今宵眼底，明朝心上，後日眉頭。

百字令德祐乙亥

半隄花雨。對芳辰消遣，無奈情緒。春色尚堪描畫在，萬紫千紅塵土。鵑促歸期、鶯收佞舌，燕作留人語。遶欄紅藥，韶華留此孤主。真個恨殺東風，幾番過了，不似今番苦。樂事賞心磨滅盡，忽見飛書傳羽。湖水湖煙，峯南峯北，總是堪傷處，新塘楊柳，小腰猶自歌舞。

【箋評】朱竹垞云：見《湖海新聞》，三四謂宫女衆，五謂朝士去，六謂臺官默，七指太學生上書，八九謂只陳宜中在，「東風」謂賈似道，「飛書傳羽」北軍至也，「新塘楊柳」謂賈妾。

祝英臺近 德祐乙亥

倚危闌，斜日暮，驀驀甚情緒。稺柳嬌黄，全未禁風雨。春江萬里雲濤，扁舟飛渡。那更聽塞鴻無數。嘆離阻。有恨流落天涯，誰念泣孤旅。滿目風塵。冉冉如飛霧。是何人惹愁來。那人何處。怎知道愁來不去。

【箋評】朱竹垞云：稚柳謂幼君，嬌黄謂太后，扁舟飛渡謂北軍至，塞鴻指流民也；人惹愁來，謂賈出，那人何去，謂賈去。

綠意 荷葉

碧圓自潔，向淺洲遠浦，亭亭清絶。猶有遺簪。不展秋心。能卷幾多炎熱。鴛鴦密語同傾蓋，且莫與浣紗人説。怨歌忽斷花風，碎卻翠雲千疊。　回首當年漢舞，怕飛去漫綰留仙裙摺。戀戀青衫，猶染枯香，還笑鬢絲飄雪。盤心清露如鉛水，又一夜西風聽折。喜净看匹練秋光。倒瀉半湖明月。

【箋評】張皋文、張翰風云：此傷君子負枉而死，蓋似李綱、趙鼎之流；「回首當年漢舞」云者，言其自結主知，不肯遠引；終語喜其死而得白也。

撲胡蝶

煙條雨葉，綠徧江南岸。思歸倦客，尋芳來較晚。岫邊江日初斜，陌上飛花正滿，凄涼數聲羌管。　怨春短。玉人應在，明月樓中畫眉懶。鸞箋錦字，多時魚雁斷。恨隨去水東流，事與行雲共遠。羅衾舊香猶暖。

御街行

霜風漸緊寒侵袂。聽孤雁聽聲嘹唳，一聲聲送一聲悲。雲淡碧天如水。披衣告語。雁兒略住。聽我些兒事。　塔兒南畔城兒裏。第三箇橋兒外，瀕河西岸小紅樓，門外梧桐雕砌。請教且與，低聲飛過，那裏有人人無寐。

【箋評】

王壬秋云：純乎浙調，後半透一層寫法，卻是真情真景。

僧揮 二首

新荷葉 采蓮

雨過回塘，圓荷嫩緑新抽。越女輕盈，畫橈穩泛蘭舟。波光豔，粉紅相間，脈脈嬌羞。菱歌隱隱漸遥。依約凝眸。　隄上郎心，波間妝影遲留。不覺歸時，暮天碧襯蟾鉤。風蟬噪晚，餘霞映幾點沙鷗。漁笛不道，有人獨倚危樓。

【箋評】

黄蓼園云：蟬噪晚風，鷗棲斜照，便覺有荒涼光景；乃與接入漁笛不道有人獨倚危樓，奇絶横絶！

念奴嬌 荷花

水楓葉下，乍湖光清淺，涼生商素。西帝宸游羅翠蓋，擁出三千宫女。絳綵嬌春，鉛華掩盡，占斷鴛鴦浦。歌聲摇曳，浣紗人在何處。別岸孤梟一枝，廣寒宫殿，冷落棲愁苦。雪豔冰肌羞淡泊，偷把胭脂匀注。媚臉籠霞，芳心泣露，不肯爲雲雨。金波影裏，爲誰長恁凝竚。

中国文库·综合普及类

(已出书目)

【第一辑】

经典常谈　朱自清著 …………………… 生活·读书·新知三联书店
美学四讲　李泽厚著 …………………… 生活·读书·新知三联书店
经书浅谈　杨伯峻等著 …………………………………… 中华书局
语文闲谈　周有光著 …………………… 生活·读书·新知三联书店
中国历史名城　陈桥驿著 ……………………… 中国青年出版社
文化古城旧事　邓云乡著 …………………………… 中华书局
中国字典史略　刘叶秋著 …………………………… 中华书局
中国钱币史话　汪圣铎著 …………………………… 中华书局
孔子说——仁者的叮咛
　蔡志忠编绘 ………………………… 生活·读书·新知三联书店

【第二辑】

文心　夏丏尊　叶圣陶著 …………… 生活·读书·新知三联书店
西谛书话　郑振铎著 …………………… 生活·读书·新知三联书店
谈美书简　朱光潜著 ……………………………… 人民文学出版社
毛泽东的读书生活(增订本)
　龚育之等著 ………………………… 生活·读书·新知三联书店
在语词的密林里重返语词的密林
　陈原著 ……………………………… 生活·读书·新知三联书店
阅读城市　张钦楠著 …………………… 生活·读书·新知三联书店
中国七大古都　陈桥驿主编 ……………………… 中国青年出版社
庄子说——自然的萧声
　蔡志忠编绘 ………………………… 生活·读书·新知三联书店

【第三辑】

弘一法师书信　林子青编 …………… 生活·读书·新知三联书店
三松堂自叙　冯友兰著 ………………………………… 人民出版社
所思　张申府著 ………………………… 生活·读书·新知三联书店
读书随笔　叶灵凤著 …………………… 生活·读书·新知三联书店

顺生论　　张中行著 …………………………………………… 中华书局

北斗京华——北京生活五十年漫忆　　周汝昌著 ………… 中华书局

江浙访书记　　谢国桢著 ………………… 生活·读书·新知三联书店

编辑忆旧　　赵家璧著 ………………… 生活·读书·新知三联书店

诗词例话　　周振甫著 ………………………………… 中国青年出版社

【第四辑】

傅雷书信集　　傅雷著　傅敏编 ……… 生活·读书·新知三联书店

诗词格律概要　诗歌格律十讲　　王力著 ……… 世界图书出版公司

一氓书缘　　李一氓著 ………………… 生活·读书·新知三联书店

上学记（修订版）　何兆武著 ………… 生活·读书·新知三联书店